Arena-Taschenbuch
Band 2817

Andreas Eschbach,
1959 geboren, studierte Luft- und Raumfahrttechnik und leitete ein Softwareunternehmen, bevor er beschloss, sich ganz dem Schreiben zu widmen. 1995 erschien sein erster Roman, der auf Anhieb mit dem Literaturpreis des Science-Fiction Clubs Deutschland ausgezeichnet wurde. Das Science-Fiction Jahrbuch 1999 nennt Andreas Eschbach den »Shooting Star der deutschen Science-Fiction«.

Von Andreas Eschbach ist als Arena-Taschenbuch erschienen:
Perfect Copy – Die zweite Schöpfung (Band 2384)

Andreas Eschbach bietet Spannung, Unterhaltung, Information, Stoff zum Nachdenken – also alles, was das Herz begehrt.
BULLETIN JUGEND & LITERATUR

Andreas Eschbach nimmt seine Leser mit, wenn er sich in seine Welt der Beunruhigung hinausphantasiert. Mit ihm einzutauchen in ein kluges Spiel um Denkmöglichkeiten ist mitreißend unterhaltsam. Er bringt unsere Köpfe zu anhaltendem Grübeln über Realität und Fiktion. Auch das ist eine Gabe.
FRANKFURTER ALLGEMEINE ZEITUNG

Andreas Eschbach

Die seltene Gabe

Arena

In neuer Rechtschreibung

1. Auflage als Arena-Taschenbuch 2005

Umschlaggestaltung: Constanze Spengler
Umschlagtypografie: knaus. büro für konzeptionelle und visuelle identitäten, Würzburg
Gesamtherstellung: Westermann Druck Zwickau GmbH
ISSN 0518-4002
ISBN 3-401-02817-0
ISBN 978-3-401-02817-0

www.arena-verlag.de

Kapitel 1 | Wenn man eine ganz normale siebzehnjährige Gymnasiastin ist und einfach so durch die Stadt radelt und plötzlich überall mehr Polizisten und Polizeiautos sieht als je zuvor im Leben, denkt man dann, dass das etwas mit einem selbst zu tun haben könnte? Denkt man nicht. Ich jedenfalls sah mich die ganze Zeit bloß staunend um und dachte, *wow, bestimmt ein Bankraub. Geiselnahme. Hier bei uns, in unserem verschlafenen Städtchen. Sensationell.* Und hatte es plötzlich eilig, nach Hause und vor den Fernseher zu kommen, um mehr zu erfahren.

Es war Ende März, aber doch schon ein wunderschöner, warmer Frühlingstag. Den Nachmittag hatte ich bei Jessica verbracht, meiner besten Freundin. Wir hatten die Hausaufgaben zusammen gemacht und über die Welt und das Leben und über Jungs geredet . . . Na ja, um genau zu sein, hauptsächlich über Jungs, und um noch genauer zu sein, hauptsächlich über einen ganz bestimmten Jungen, über Dominik nämlich, in den Jessica aktuell verknallt war und der am Tag zuvor nicht nur mit ihr geredet, sondern sich sogar mit ihr verabredet hatte. Na toll!

Jessica und ich kriegten jedes Mal Streit, wenn sie frisch verliebt war. Auch diesmal hatte es wieder so geendet. Sie fing nämlich immer bei der erstbesten Gelegenheit an zu schwärmen, wie *toll* der Typ sei und wie *süß* und all der Quatsch, und ja, gut und schön, eine Weile konnte ich das auch über mich ergehen lassen, bloß hörte sie nie von selber wieder auf. Also kam unweigerlich der Moment, in dem mir das alles auf die Nerven ging. Dann sagte ich Sachen wie, dass sie sich doch bitte schön mal umsehen solle an der Schule und schauen, ob es irgendwelche Mädchen gäbe, die von ihren Liebesgeschichten was anderes hätten als Ärger. »Wenn du den Typ nicht kriegst, kommst du um vor Sehnsucht, und wenn du ihn hast, vor Eifersucht«, war mein Sprüchlein. Jessica hatte daraufhin rumgeschmollt, dass das bei ihr was völlig anderes sei – klar –, und ich hatte weitergemacht von wegen, die Jungs bei uns an der Schule seien ohnehin alle eingebildet und langweilig und könnten mir samt und sonders gestohlen bleiben.

»Du bist bloß neidisch, weil dich sowieso keiner anschaut«, hatte Jessica gegiftet und ich hatte zurückgefaucht, jawohl, das sei mir auch sehr recht. Vor allem könne ich herzlich gern darauf verzichten, dass mich einer wie Dominik anschaue. »Auf den fliegen doch alle bloß wegen seiner blonden Locken«, hatte ich gesagt. »Damit sieht er so unschuldig aus wie ein Engelchen. Aber in Wirklichkeit hat er es faustdick hinter den Ohren.« Und weil ich gerade so schön dabei war, gemein zu sein, hatte ich angefangen aufzuzählen, mit wem der *tolle* Dominik mit den *süßen* blonden Locken schon alles herumgemacht hatte und wie schnell es jedes Mal vorbei gewesen war. »Wenn du mich fragst, der Typ wird von einem Hersteller für Papiertaschentücher gesponsert.«

Danach waren nur noch Tränen geflossen und ich hatte meine Sachen gepackt und mich auf den Heimweg gemacht.

Unterwegs ließ ich mir Zeit. Jessica wohnte ziemlich genau am anderen Ende der Stadt, das heißt, es war ein ordentliches Stück Weg bis nach Hause. Ich musste mich auch erst abregen und an den Gedanken gewöhnen, nun wieder einige Wochen ohne beste Freundin auskommen zu müssen; und außerdem wartete niemand auf mich. Meine Eltern waren zurzeit nicht da. Mutter hatte einige Monate zuvor an einem Preisausschreiben teilgenommen, was ihr noch nie vorher in den Sinn gekommen war, und mit dem Glück des blutigen Anfängers hatte sie gleich den ersten Preis gewonnen, eine zweiwöchige Kreuzfahrt durch die Karibik. Für zwei Personen selbstredend. Also waren Herr und Frau Behnert in die zweiten Flitterwochen aufgebrochen, während das brave Töchterlein Marie zu Hause blieb und derweil das Haus hütete.

Was mir, ganz ehrlich, nicht das Geringste ausmachte. Genau genommen, fand ich es phantastisch. Zum ersten Mal ein ganzes Haus für mich alleine! Großartig. Nicht dass ich meine Eltern nicht liebe und so, aber ich fühlte mich, seit sie abgereist waren, so herrlich selbstständig und unabhängig, dass es von mir aus noch wochenlang so hätte weitergehen können. Ich liebte es, das Haus zu versorgen. Zu meinem eigenen Erstaunen machte ich Einkäufe, wusch Wäsche und saugte Teppiche, und das, obwohl sich in der Speisekammer die Vorräte stapelten, saubere Wäsche im Schrank lag und man von den Teppichen hätte essen können – einfach, weil ich mir so unerhört erwachsen dabei vorkam. Man bedenke: Ich hätte ohne weiteres nachts um drei nach Hause kommen können und niemand hätte auch nur die geringste Notiz davon genommen! Allein die Vorstellung war berauschend.

Allerdings ist die Versuchung, derlei tatsächlich zu tun, sehr gering, wenn man morgens um halb acht in der Schule zu erscheinen hat. Ich weiß, dass etliche in meiner Klasse das anders gesehen hätten, aber deren Eltern hätten sich auch eher die Hand abhacken lassen als ihnen das Haus für zwei Wochen zu überlassen.

Während ich so dahinfuhr, die Schultasche hinter mir auf dem Gepäckträger, und der Ärger über den blöden Streit mit Jessica allmählich nachließ, galten meine Gedanken dem Abend, der vor mir lag. Ich würde es mir mit einem großen Tablett voller leckerer Sachen auf der Couch gemütlich machen, und keiner würde mir ins Fernsehprogramm dreinreden. Kamen heute nicht ein paar gute Krimis? Bei diesem Stichwort fielen mir wie gesagt all die Polizisten auf, die die In-

nenstadt bevölkerten. Weiß-grüne Polizeiautos überall, Mannschaftswagen sogar. Ein Großaufgebot. Nicht ganz so, wie man es manchmal in amerikanischen Filmen sieht, aber für unser verträumtes Städtchen absolut ungewöhnlich.
Unwillkürlich bremste ich ab. Ich bemühte mich besonders vorschriftsmäßig zu fahren, vor Zebrastreifen zu halten, vor dem Abbiegen deutlich Zeichen zu geben und all das, was sie einem immer beizubringen versuchen. Die Polizeistreifen sahen zwar nicht einmal in meine Richtung, aber sicher war sicher. Neben den uniformierten Beamten standen jeweils auffallend unauffällig gekleidete Zivilisten, die genauso wachsam die Blicke schweifen ließen. Kennt man ja aus dem Fernsehen. Großfahndung. Während ich das Stadtzentrum durchquerte, hörte ich irgendwo einen Lautsprecherwagen umherfahren und lautstark eine längere Mitteilung hinaustrompeten, aber um all die Hausecken herum war kein Wort zu verstehen. Und überhaupt beeilte ich mich jetzt nach Hause zu kommen, nicht nur um aus der Glotze Näheres zu erfahren, sondern um nicht am Ende unversehens in eine Schießerei zu geraten oder so etwas.
Mir begegnete nichts, das in irgendeiner Weise gefährlich gewesen wäre, aber ich atmete trotzdem auf, als ich in unsere Straße einbog. Alles sah friedlich aus. Alles sah aus wie immer. Da war unser Haus, das erste von fünf weitgehend ähnlichen Reihenhäusern, die abwechselnd gelb und orange verputzt und stufenar-

tig gegeneinander versetzt sind. Es lag hinter dichten Hecken und Vorgartenbäumen versteckt, die Gardinen der Fenster im Obergeschoss ordentlich zurechtgezogen, die Jalousien halb heruntergelassen gegen die Sonne – was immer auch los sein mochte, hier war ich sicher.

Dachte ich.

Mir stockte der Atem, als zwei Polizisten um die Ecke bogen, gerade als ich vor dem Gartentor angelangt war. Der eine hielt ein Ungeheuer von einem Schäferhund an der Leine, der andere trug eine Maschinenpistole unter dem Arm, als sei das die selbstverständlichste Sache der Welt. Für ihn war es das vielleicht auch. Ich für meinen Teil machte, dass ich ins Haus kam.

Normalerweise hätte ich mein Fahrrad ordentlich in der Garage untergestellt, aber heute lehnte ich es nur gegen die Hauswand, zerrte die Tasche vom Gepäckträger und kramte hastig meinen Schlüsselbund heraus. Und ich tat etwas, das ich sonst frühestens um dreiundzwanzig Uhr tue: Ich schloss die Haustüre von innen ab.

Als Erstes rannte ich ins Wohnzimmer und schaltete den Fernseher an. Nichts. Vorabendserien, Talkshows, der übliche Müll. Auch auf den Nachrichtenkanälen nichts; dort ging es wie all die Tage zuvor schon um einen französischen Geheimdienstler, der irgendwelche Vorwürfe gegen seine Chefs erhob, was alle Journalisten in Aufruhr versetzte, mich aber nicht die Bohne interessierte. Ich schaltete das Ding wieder ab, marschierte in die Küche und drehte das Radio an. Hier war es dasselbe. Musik auf allen Sendern, wie immer, und die aktuellste Nachricht, die sich finden ließ, war ein Verkehrshinweis, ein Stau auf irgendeiner Autobahn. Niemand schien etwas zu wissen über irgendwelche gesetzwidrigen Vorgänge in einer süddeutschen Kleinstadt, Vorgänge immerhin, die eine regelrechte Polizeistreitmacht auf den Plan gerufen hatten.

Ich drehte den Ton leiser und ging in die Garderobe. Dort gibt es ein kleines Fenster, durch das wir zum Beispiel hinausspähen, wenn jemand bei uns klingelt und wir sehen wollen, wer es ist, um eventuell so tun zu können, als seien wir nicht da.

Die beiden Polizisten patrouillierten jetzt auf der anderen Straßenseite. Der eine hatte das Funkgerät am Ohr, und während er sprach, drehte er sich um und schien in meine Richtung zu blicken.

Ich duckte mich unwillkürlich, obwohl er mich durch die dichte Gardine unmöglich sehen konnte. Falscher Alarm, wie es aussah. Irgendwohin muss einer schließlich schauen, wenn er die Augen offen hat. Jetzt sah er in Richtung Wald, der unweit unserer Straße anfängt und bei Joggern und Hundebesitzern gleichermaßen beliebt ist, was immer wieder zu heftigen Streitereien führt.

Was mochte bloß los sein? Mir kam der Gedanke, einfach hinauszugehen und die beiden Männer zu fra-

gen, aber dann sagte ich mir, dass ich alles noch früh genug erfahren würde. Spätestens morgen aus der Zeitung oder in der Schule, falls es nicht so wichtig war, dass es im Fernsehen kam. Ansonsten hatte ich selber nichts verbrochen, auch keine sachdienlichen Angaben zu machen – die ganze Angelegenheit ging mich schlicht und ergreifend überhaupt nichts an.
Dachte ich wie gesagt.
Mit einem tiefen Seufzer, der endlich den gemütlichen Teil des Abends einleiten sollte, hob ich meine Schultasche auf, stellte sie an die Treppe, wie ich es immer tat, um sie beim nächsten Gang in den ersten Stock mit in mein Zimmer zu nehmen, und zog die Straßenschuhe aus und Hausschuhe an. Als ich in die Küche kam, verlas der Radiosprecher gerade in rasender Geschwindigkeit eine Liste von Veranstaltungshinweisen für das kommende Wochenende, die überhaupt kein Ende nehmen wollte. Nervtötend. Ich schaltete den Kasten ab und machte mir Gedanken über mein heutiges Abendessen.
Zu diesem Zweck schlenderte ich in die Speisekammer, musterte die dort säuberlich aufgereihten Vorräte an Dosen, Einmachgläsern und Packungen an Nudeln, Reis, Mehl und dergleichen, die Stange mit den aufgehängten geräucherten Würsten, die Flaschen mit Öl, Essig, Wein und Bier, das Regalfach mit den Tütensuppen und den Fertigspagetti und die Kiste im dunklen Eck, in der die Kartoffeln lagern. Beinahe automatisch griff meine Hand in die kleine Schublade,

in der die Süßigkeiten aufbewahrt werden, und tastete nach der Erdbeerschokolade.
Bloß war da keine Erdbeerschokolade.
Verwundert nahm ich das Fach in näheren Augenschein. Höchst merkwürdig. Es lag eine unberührte Tafel Vollmilchschokolade darin, was in Ordnung und beruhigend war, aber ich glaubte mich deutlich zu erinnern, dass am Nachmittag zuvor noch fast eine halbe Tafel Erdbeerschokolade da gewesen war.
Ich überlegte peinlich berührt, ob ich der Schokolade vielleicht irgendwann im Verlauf des gestrigen Tages den Garaus gemacht hatte, ohne es zu merken. Soll ja schon vorgekommen sein. Aber andererseits hätte dann zumindest noch das Papier irgendwo sein müssen, oder?
Tatsache blieb, dass die Schokolade nicht mehr da war.
Sie war auch nicht irgendwo anders in der Speisekammer. Ich durchsuchte die Fächer und Regale, sah auf dem Boden nach und sogar in der Schublade mit den Gewürzen und fand zwar nicht die Schokolade, stieß dafür aber auf etwas anderes, noch viel Merkwürdigeres: Es fehlten auch vier Scheiben Vollkornbrot.
Heute Morgen hatte ich die Scheiben in der Tüte gezählt, um festzustellen, ob ich noch Brot kaufen musste, und da waren noch sieben Scheiben da gewesen.
Jetzt waren nur noch drei Scheiben da.
Es gibt Situationen, in denen man leicht bereit ist an

seinem klaren Verstand zu zweifeln, und das hier war so eine Situation. Ich zählte noch einmal nach, natürlich mit demselben Ergebnis. Man kann im Allgemeinen bis drei zählen und auch bis sieben und überdies beides voneinander unterscheiden, wenn man die elfte Klasse eines gewöhnlichen Gymnasiums besucht. Andererseits hatte ich noch nie davon gehört, dass sich Vollkornbrot bisweilen in Luft auflöst.

Da ich schon einmal dabei war, überprüfte ich die übrigen Vorräte ebenfalls, zumindest die, von denen ich ungefähr wusste, wie viel davon da zu sein hatte. Das Ergebnis war außerordentlich seltsam: Von drei Tüten Milch waren nur noch zwei da, die Zahl der Ringe harter Blutwurst war von fünf auf vier gesunken, mindestens drei Flaschen Apfelsaft fehlten, und der Camembert und die Trauben, die eigentlich auf meinem heutigen Fernsehtablett eine Hauptrolle hatten spielen sollen, waren ganz und gar verschwunden.

Ich muss ein ausgesprochen belämmertes Gesicht gemacht haben, als ich mit dieser Bestandsaufnahme fertig war. Eine ganze Weile starrte ich vor mich hin, während in meinem Kopf die Gedanken kreuz und quer durcheinander stoben, dann begann mir allmählich unheilvoll zu dämmern, was ich da gerade festgestellt hatte.

Im Verlauf des heutigen Tages waren Nahrungsmittel aus der Speisekammer verschwunden. Aber Nahrungsmittel hüpfen nicht von selbst aus den Regalen, und sie lösen sich auch nicht spontan in Luft auf. Normalerweise verschwinden sie nur, wenn sich jemand ihrer annimmt, für gewöhnlich, indem er sie aufisst. Und da ich das nicht getan hatte, musste es jemand anders getan haben.

Kapitel 2 | Im nächsten Moment kam mir diese Überlegung schon wieder absolut lächerlich vor. Ich sah Gespenster. Ein Einbrecher, der Blutwurst, Milch und Käse stiehlt? Eine absurde Vorstellung.

Trotzdem war ich beunruhigt. Ich ging in die Küche, ganz in Gedanken, und fand mich plötzlich vor der offenen Besteckschublade stehen, das große Fleischmesser in der Hand. War ich jetzt übergeschnappt? Ich pfefferte es zurück ins Messerfach, schob die Schublade zu und beschloss auf der Stelle einen Kontrollgang durchs Haus zu machen, um mich zu vergewissern, dass nirgendwo ein Fenster eingeschlagen oder ein Schloss aufgestemmt worden war oder sonst irgendetwas darauf hindeutete, dass jemand da gewesen war, der hier nichts zu suchen hatte.

Immerhin, die Türe zum Keller war abgeschlossen, der Schlüssel steckte, und sie war aus Stahl: keine Chance für Eindringlinge. Den Keller musste ich also schon mal nicht durchsuchen und im Stillen dankte ich dem Erfinder jener Brandschutzvorschriften, denen das zuzuschreiben war.

Nächste Station war das Wohnzimmer. Die Türen zur Terrasse waren fest verschlossen und unbeschädigt, die Vorhänge ordentlich zugezogen, und auch ein

langsamer Rundblick ließ mich nichts entdecken, das nicht so gewesen wäre, wie es sein sollte.
Als ich so im Wohnzimmer stand, wurde mein Blick jedoch wie magisch von dem schwarzen, stählernen Schürhaken angezogen, der an einem dicken Ziernagel neben dem Kamin hing. Unser Kamin, muss man dazu wissen, sieht zwar auf Fotos beeindruckend aus, ist aber ganz und gar unecht. Groß und wuchtig und wunderbar rustikal aussehend, aus echten, behauenen Steinen gemauert, könnte man nicht einmal einen Brief in ihm verbrennen, ohne das ganze Zimmer mit Rauch zu verpesten, denn er ist an keinen Schornstein angeschlossen. Um genau zu sein, es gibt überhaupt keinen für offene Kamine geeigneten Schornstein in unserem Haus. Deshalb liegt in der schmiedeeisernen Feuerstelle nur eine elektrisch betriebene Attrappe, die auf Knopfdruck aussehen kann wie dicke, glimmende Holzscheite und sogar eine gewisse Wärme ausstrahlt, und deshalb ist der Schürhaken nur eine Art Schmuckstück.
Trotzdem war er aus solidem Stahl und ein schweres Ungetüm, mit dem man zur Not einem Einbrecher eins über den Schädel geben konnte. Mit diesen Hintergedanken nahm ich ihn vom Haken.
Während ich meinen Rundgang fortsetzte, beruhigt, eine Waffe in Händen zu halten, und die Fenster kontrollierte, schoss mir der Gedanke durch den Kopf, dass ein Einbrecher sich ja nicht unbedingt nur an Lebensmitteln vergriffen haben mochte. Vielleicht hatte

er in derselben unauffälligen Art einen von fünf Geldscheinen mitgehen lassen, eine von drei Perlenketten oder drei silberne Kuchengabeln aus einem ganzen Service? Wenn er das in jedem Haus so machte, kam auch etwas zusammen, und die meisten Leute würden es lange Zeit gar nicht bemerken.
Ich rannte die Treppe hoch in mein Zimmer und kontrollierte hastig die Geldvorräte, die ich in meinem Schreibtisch in einem Geheimfach aufbewahre, das für den Fachmann möglicherweise so geheim doch nicht ist. Es war noch alles da. Auch sonst war in meinem Zimmer alles in Ordnung.
Einen Augenblick fragte ich mich ernsthaft, ob ich dabei war, den Verstand zu verlieren. Eine neuartige Form von Alzheimer, die auch Jugendliche befiel? Ich versuchte mir vorzustellen, was ich zu hören bekäme, wenn ich die Polizei anrief und den unerklärlichen Verlust von vier Scheiben Vollkornbrot und einer halben Tafel Erdbeerschokolade meldete. Ich dachte an die Streife, der ich begegnet war, und stellte mir vor, wie die ins Haus kamen, um ihren Monsterhund in unserer Speisekammer Witterung aufnehmen zu lassen. War es nicht besser, sich damit abzufinden, dass Lebensmittel einfach verschwinden konnten? Aufgefressen von neuartigen, genmanipulierten Mäusen, die Packungen pasteurisierter Milch nicht nur austranken, sondern danach auch noch auffraßen?
Mir schwirrte der Kopf. Einen flüchtigen Moment lang fragte ich mich, ob der ganze Trubel in der Stadt,

dieses ungewöhnliche Aufgebot an Polizei und Streifenwagen, womöglich diesem Dieb gelten mochte. Aber dann verwarf ich diesen Gedanken sofort wieder. Hunderte von Polizisten, um einen Käsedieb zu fangen? Lächerlich.

Vielleicht gab es ja eine andere, völlig harmlose Erklärung. Vielleicht war ich schlafgewandelt und hatte all das Zeug irgendwann nachts verdrückt? Bloß mag ich gar keine Blutwurst, jedenfalls nicht, wenn ich wach bin. Mein Vater kauft die immer in rauen Mengen, und er schwört darauf, dass sie monatelang hängen und trocknen muss, bis sie die Konsistenz von Lederschnürsenkeln hat. Dann sei sie ein Hochgenuss. Findet er.

Als ich an Vater denken musste, musste ich auch an Mutter denken, und auf einmal wurde mir klar, dass ein Einbrecher sich kaum um die kargen Taschengeldersparnisse in Geheimfächern von Schreibtischen in Mädchenzimmern kümmern würde, sondern dass er nach richtig wertvollen Dingen suchen musste, damit die Sache sich lohnte. Das Haushaltsgeld im Wäscheschrank. Den Schmuck der Dame des Hauses. Solche Dinge.

Meine Mutter besaß in dieser Hinsicht einiges. Vater ist Abteilungsleiter in der größten Maschinenbaufirma des Ortes und da finden immer wieder irgendwelche Empfänge oder Bankette oder was weiß ich statt, und bei solchen Gelegenheiten kann sich Mutter aufbretzeln, dass einem die Augen herausfallen.

Ich überlegte, wo sie ihre Schmuckschatulle aufzubewahren pflegte, und glaubte mich zu entsinnen, dass sie entweder in ihrem Nachttisch oder im Schrank bei der Bettwäsche zu finden sein musste. Ich krallte den Schürhaken und marschierte hinüber ins Schlafzimmer meiner Eltern.

Auch hier war alles in einwandfreiem Zustand. Ich zog Mutters Nachttischschublade auf und öffnete das Klappfach darunter, aber da war nur allerlei Krimskrams, keine Schmuckschatulle.

Also im Schrank.

Ich ging zum Schrank und öffnete die Tür, und dann ging alles so schnell, dass ich mich nicht mehr an Einzelheiten erinnere. Ich weiß nur, dass ich ins obere Schrankfach blickte und nach der flachen, silbern schimmernden Kassette Ausschau hielt und stattdessen die ganzen Kleider meiner Mutter dort sah, achtlos über die Stapel weißer Bettwäsche gestopft, und ehe ich den Blick senken konnte dorthin, wo diese Kleider auf Bügeln hätten hängen müssen, kam mir eine dunkle Gestalt aus dem Schrank entgegen, ein torkelnder menschlicher Körper, der einen erstickten Laut der Überraschung von sich gab, als er hochkam. Ich sprang zurück, während der Schatten die zweite Schranktür aufstieß, und meine Hände, den Schürhaken umklammernd, diesen wie aus eigenem Entschluss in die Höhe rissen, schlagbereit hoch über den Kopf, und im Rückwärtsgang zur Tür stolpernd schrie ich, erfüllt von panischem Entsetzen, ir-

gendetwas wie »Stehen bleiben oder ich schlage zu!«.
Er blieb tatsächlich stehen, verharrte mitten in der Bewegung, geduckt und noch halb im Schrank stehend. Es war ein Junge. Nur ein ganz gewöhnlicher Junge.
»Bleib, wo du bist«, sagte ich, diesmal mit etwas ruhigerer und, wie ich hoffte, drohenderer Stimme. Er wirkte nicht besonders gefährlich, dem Aussehen nach konnte er kaum älter sein als ich selber, aber andererseits weiß man ja nie. Ich wich jedenfalls zurück, bis ich den Türrahmen im Rücken spürte, erst dann hatte ich das Gefühl, die Situation einigermaßen im Griff zu haben. »Was hast du hier zu suchen?«, fragte ich finster.
Er starrte mich mit großen, schlafverquollenen Augen an. Offenbar hatte er geschlafen, als ich die Tür geöffnet und ihn damit geweckt hatte. Erst jetzt sah ich, dass er sich auf dem Schrankboden mit einigen Decken, deren Verschwinden mir noch gar nicht aufgefallen war, ein richtiggehendes Nest eingerichtet hatte, auf dem man sicher nur mit einigen Verrenkungen liegen konnte – der Kleiderschrank meiner Mutter ist groß, aber so groß nun auch wieder nicht. In der Ecke dahinter erspähte ich eine Milchtüte und abgefressene Traubenstiele, die auf dem zerknüllten Einpackpapier von Erdbeerschokolade lagen, und damit war mir klar, was es mit den geheimnisvollen Vorgängen in der Speisekammer auf sich hatte.
»Los, antworte!«, drängte ich. »Wie kommst du dazu,

dich hier bei uns im Schrank zu verstecken? Was soll das?«

»*Mon dieu*«, hörte ich ihn murmeln. »Ein Mädchen!«

Diese scharfsinnige Bemerkung war eher eine Art Selbstgespräch und keine Antwort auf meine Frage. Er sprach mit einem kaum wahrnehmbaren französischen Akzent.

Ich musste aus irgendeinem Grund plötzlich an den Streit mit Jessica denken und wie ich gesagt hatte, mit Jungs habe man nichts als Ärger. Das hier sah auch ganz so aus, als würde ich Recht behalten.

»Das ist keine Antwort«, erwiderte ich unwirsch. »Los, sag, seit wann versteckst du dich hier schon?«

Gruselige Vorstellung, dass er womöglich schon seit Tagen da im Schrank hauste, ohne dass ich auch nur das Geringste geahnt hatte!

»Seit heute Nachmittag.«

Mir fiel ein Stein vom Herzen. »So, seit heute Nachmittag. Und wie bist du hereingekommen?«

Er richtete sich ganz langsam, in Zeitlupe fast, vollends auf und drehte den Kopf bedächtig hin und her, so, als habe er einen ziemlich verspannten Nacken. Was auch kein Wunder gewesen wäre. »Das war leicht«, sagte er dann. »Hereinzukommen, meine ich.«

»Lüg nicht. Ich habe überall abgeschlossen, als ich gegangen bin.«

»Ja«, nickte er. »Ich weiß.«

»Was soll das Ganze überhaupt? Was suchst du hier?«

Er antwortete nicht, sah mich nur an mit einem schwer zu deutenden Blick. Er trug einen abgeschabt aussehenden graubraunen Pullover und Jeans, aber keine Schuhe, nur Strümpfe, unansehnliche, fleckige Dinger, die ich höchstens mit einer Zange angefasst hätte.

»Na schön, von mir aus«, meinte ich, als ich für meinen Geschmack lange genug auf eine Antwort gewartet hatte. »Die Polizei wird das schon aus dir herauskriegen.«

Ja, da zuckte er zusammen, als ich die Polizei erwähnte. Recht so, deswegen hatte ich das ja auch gesagt. Ich wollte auf seinem Gesicht endlich sehen, dass er sich bei etwas Unrechtem ertappt fühlte, nicht bloß im Schlaf gestört. Und tatsächlich, sein Kopf ruckte ein Stück höher, gerade so, als wache er jetzt erst richtig auf.

Im gleichen Augenblick geschah etwas Gespenstisches.

Ich hielt den Schürhaken immer noch schlagbereit, schräg über meinem Kopf, mit beiden Händen. Der Haken war etwa einen Meter lang und aus massivem Stahl, also nicht gerade leicht. Und wenn man einen schweren Gegenstand mit einigermaßen ausgestreckten Armen hält, ist es völlig normal, dass man das Gefühl bekommt, er werde immer schwerer. Das kennt jeder.

Aber das, was nun geschah, war etwas anderes. Plötzlich, innerhalb weniger Sekunden, schien der Schürhaken mehrere Zentner Gewicht dazuzugewinnen, und das ging so schnell, dass ich hätte Schwergewichtsweltmeisterin sein müssen, um das verhexte Ding auch nur einen Herzschlag länger zu halten. So aber entglitt er mir und fiel zu Boden mit einem Krachen, dass man meinen konnte, ich hätte einen Schmiedeamboss fallen lassen.

»Bleib stehen«, sagte der Junge und jetzt klang es drohend. »Und schrei nicht. Ich bin stärker als du. Du hast keine Chance. Nur damit du es weißt.«

Schreien? Ich war außer Stande, auch nur einen Laut von mir zu geben. Ich stand bloß da, starrte den Schürhaken auf dem Boden an und wusste nicht mehr, was ich denken sollte. Das war doch nur ein Traum, oder? Einer von diesen schlechten Träumen, aus denen man mit einem Schrei aufwacht.

»Es tut mir Leid«, fuhr der Junge fort, mit einer eigenartig brüchigen Stimme. »Ich musste mich irgendwo verstecken und wieder einmal essen und trinken und schlafen. Ich bin auf der Flucht. Sie jagen mich mit allem, was sie haben.«

Auf der Flucht? Wie bitte? Der war wohl größenwahnsinnig. »Du willst nicht im Ernst behaupten, dass alle diese Polizisten mit ihren Hunden und Maschinenpistolen wegen *dir* da draußen unterwegs sind?«

Er furchte die Stirn. »Sie sind also schon da?«

»Eine ganze Armee.«

Er nickte nur, dieser seltsame Junge, der keine Handbreit größer war als ich, ein hagerer Typ in schmutzi-

gen Klamotten, mit langen, unordentlichen schwarzen Haaren, die eine Behandlung mit viel Shampoo und viel Wasser dringend nötig gehabt hätten.
Und da auf dem Teppichboden lag der Schürhaken, der plötzlich eine Tonne gewogen hatte. Ich wusste nicht mehr, was ich denken sollte.
»Was hast du denn . . . getan?«, fragte ich zögerlich und war mir nicht sicher, ob ich das wissen wollte.
»Nichts.«
»Wer nichts verbrochen hat, wird doch nicht mit so einem Aufwand verfolgt.«
Er warf mir wieder einen dieser seltsamen Blicke zu, die er draufhatte. »Sie verfolgen mich nicht, weil ich etwas verbrochen habe«, sagte er. »Sie wollen mich *haben.*«
Ich glotzte ihn bloß an wie betäubt, während er aus dem Schrank hervorkam und die Schranktüren sorgsam hinter sich schloss. »Was soll das heißen?«, fragte ich schließlich.
»Haben«, wiederholte er. »Das heißt so viel wie besitzen. Verfügen über. Kontrollieren.«
Es klang ein bisschen irre, wie er das sagte. Ich schüttelte den Kopf. »Ich glaube dir kein Wort.« Meine wild rotierenden Gedanken produzierten verrückteste Vermutungen. »Ich glaube, du willst dich nur irgendwie herausreden, weil ich dich ertappt habe. In Wirklichkeit hast du dich hier versteckt, weil du . . . was weiß ich . . . weil du mich heute Nacht überfallen wolltest, zum Beispiel.«

Er sah mich überrascht an, dann grinste er schief. »So ein Unsinn.«
Ich schnappte nach Luft. Das war ja wohl die Höhe! Nicht genug, dass dieser Kerl in mein Haus eingedrungen war, nun tat er auch noch so, als sei ich es, die nicht mehr alle Tassen im Schrank hat, nur weil ich wissen wollte, was er hier suchte. »Zufällig finde ich das alles andere als unsinnig«, gab ich so ätzend wie möglich zurück.
»Du hast doch die Polizei überall gesehen, oder?«
»Es gibt hunderttausend Gründe, Polizei einzusetzen, und so ungefähr der unwahrscheinlichste davon ist, ausgerechnet dich zu suchen«, erwiderte ich bissig. In diesem Moment hörte ich wieder einen Lautsprecherwagen ganz in der Nähe, nur ein paar Straßen weiter, aber ich verstand wieder nur *Gwäk-gwäk-gwäk*.
Der Junge horchte auf und nickte wissend. »Sie sind also immer noch da«, sagte er. »Gehen wir hinunter.«
Ich war gerade in ausgesprochen kämpferischer Stimmung. »Soll das etwa ein Befehl sein?«
Er sah mich finster an. »Du kannst Streit haben, wenn du willst«, sagte er und seine Stimme hatte auf einmal einen harten Unterton. »Aber du wirst nicht gewinnen, das verspreche ich dir.«
»Ach wirklich?« Sein Tonfall kam mir ausgesprochen arrogant vor, und das reizte mich noch mehr. Wenn ich etwas auf den Tod nicht vertragen kann, dann sind es arrogante Typen, die sich für was Besseres halten.

»Ja«, nickte er. »Wirklich.«

Ich verschränkte die Arme vor der Brust. »Wenn du mich anfasst, werde ich schreien«, kündigte ich an. »Und ich kann laut schreien. Sehr laut. Das hört man noch drei Häuser weiter, Minimum. Und das ist keine Theorie, sondern praktische Erfahrung.«

»Dich anfassen?« Das schien ihn großartig zu amüsieren. »Ich muss dich nicht anfassen. Glaub bloß das nicht.« Er sah sich um, deutete auf die Nachttischlampe meiner Mutter. »Achte mal auf dieses Ding dort, ja?«

»Ja, und?«

Es war überaus beeindruckend. Er bewegte sich nicht, es war nichts zu sehen und nichts zu hören. Ich wusste nicht, wie es geschah, aber es geschah.

Der Porzellanfuß der Lampe zerplatzte in tausend Scherben.

Einfach so.

»Wollen wir jetzt hinuntergehen?«, fragte der Junge.

Kapitel 3 | Ich starrte ihn an und spürte plötzlich nichts mehr von wütender Kampfbereitschaft in mir, nur noch verschreckte Leere. Ich hatte angefangen Angst vor diesem Jungen zu haben.

»Wie hast du das gemacht?«, fragte ich und meine Stimme hörte sich auf einmal merkwürdig rau an.

»Ich habe es gemacht, das muss genügen«, sagte er. »Und ich kann es mit deinem Kopf machen, wenn es sein muss. Also, was ist – gehen wir jetzt hinunter?«

Wortlos drehte ich mich um und ging vor ihm her, hinaus aus dem Schlafzimmer und die Treppe hinab, meine Knie weich wie Gummi. Ich hörte, wie er die Tür hinter uns zumachte, geradezu sorgfältig. Einen Moment lang schoss mir der Gedanke an Flucht durch den Kopf: losrennen und zur Haustüre hinaus und um Hilfe schreien, oder bei den beiden Polizeibeamten mit dem Hund und der Maschinenpistole Schutz suchen, oder in eine Telefonzelle rennen und die Notrufnummer wählen ... Aber dann fiel mir ein, dass ich ja die Haustüre von innen versperrt hatte, und nicht nur das, ich hatte auch noch die Kette vorgelegt und den Schlüssel ans Schlüsselbrett gehängt. Ich würde nicht einmal genug Zeit haben, die Türe aufzuschließen, von allem anderen ganz zu schweigen.

Ich kann es mit deinem Kopf machen, wenn es sein muss ... Ich schrak zusammen, als unvermittelt eine überlaute Stimme draußen auf der Straße zu reden anfing. Natürlich, der Lautsprecherwagen! Er musste direkt vor unserem Haus gehalten haben, um seine Mitteilung an die Bevölkerung zum soundsovielten Male herunterzuleiern. Ich blieb am Ende der Treppe stehen.

»Achtung, Achtung, hier spricht die Polizei! Wir bitten um Ihre Aufmerksamkeit!« Eine blecherne Lautsprecherstimme, der man nicht einmal anhörte, ob ein Mann oder eine Frau sprach. Nach ein paar Sätzen über den Umfang der Polizeiaktion in der Stadt kam die Verlautbarung zum Wesentlichen: »Gesucht wird ein jugendlicher Gewaltverbrecher, der der schweren Körperverletzung und des Mordes dringend verdächtig ist. Er ist aus einer Bewahranstalt entwichen und es gibt Hinweise, dass er sich irgendwo in der Stadt versteckt hält. Achtung! Der Gesuchte ist gemeingefährlich, möglicherweise geistesgestört. Er ist bewaffnet und macht hemmungslos von der Waffe Gebrauch. Wenden Sie sich daher beim geringsten Verdacht an die nächste Polizeidienststelle oder an eine der Polizeistreifen. Handeln Sie nicht auf eigene Faust. Für sachdienliche Hinweise ist eine hohe Belohnung ausgesetzt. Hier die Beschreibung des Gesuchten: Sein Name ist Armand Duprée. Er ist siebzehn Jahre alt, wirkt aber jünger. Er ist schlank bis mager, etwa einen Meter fünfundsiebzig groß und hat langes schwarzes Haar. Er spricht mit französischem

Akzent. Er trägt vermutlich eine Jeanshose und einen graubraunen Pullover, darüber eine hellgraue Jacke. Achtung, wir weisen nochmals darauf hin: Der Gesuchte ist gemeingefährlich, möglicherweise geistesgestört. Er ist bewaffnet . . .«

»Ich bin nicht bewaffnet«, sagte Armand gelassen vom oberen Ende der Treppe her. »Und der Rest ist zum größten Teil auch gelogen.«

Ich hatte mit wachsendem Entsetzen zugehört. Jetzt drehte ich mich langsam um und sah ihn an: Die Beschreibung stimmte haargenau.

»Die Jacke liegt noch im Schrank«, fügte er hinzu, als sei das wichtig.

»Stimmt das?«, fragte ich. »Hast du jemanden umgebracht?«

Draußen quasselte der Lautsprecher noch etwas von Hinweisen und Belohnungen, dann brummte ein Motor und das Auto fuhr ahnungslos weiter.

»Nein«, sagte Armand. »Ich habe auch niemanden verletzt, zumindest nicht schwer. Und ich bin weder gemeingefährlich noch geistesgestört. Alles erfunden.«

Er wirkte tatsächlich ganz normal. Mindestens so normal wie ich, und ich halte mich für so ziemlich den normalsten Menschen der Welt.

»Aber die Polizei würde doch nicht solche Dinge erzählen, einfach so . . .« Ich schluckte. »Es muss zumindest etwas dran sein.«

Armand kam langsam die Treppe herab. »Wahr ist,

dass ich aus einer Art Bewahranstalt geflohen bin, auch wenn ich sie nicht so nennen würde«, sagte er ernst. »Was sie verschweigen, ist, dass diese Anstalt in Frankreich liegt, an einem Ort, der so geheim ist, dass jeder, der auch nur eine Andeutung darüber macht, dass es diesen Ort überhaupt gibt, riskiert, lebenslänglich hinter Gittern zu verschwinden. Die da draußen in dem Wagen verschweigen es sicher nicht absichtlich. Die müssen glauben, was ihnen die französischen Behörden Übles über mich erzählen.«

Ich schüttelte verständnislos den Kopf. »Aber warum das Ganze? Was soll diese Jagd?«

»Wie ich schon sagte – sie wollen mich ganz einfach haben«, erklärte Armand. »Das, was die eben Bewahranstalt genannt haben, ist in Wirklichkeit ein großes Forschungsinstitut, eine hoch geheime militärische Anlage, wo man die letzten Jahre damit beschäftigt war, mich, Armand Duprée, Versuchskaninchen erster Klasse, nach allen Regeln der Kunst auseinander zu nehmen. Dort war ich und dort hätten sie mich liebend gern wieder.«

»Dich? Aber warum?«

»Du erinnerst dich an den Schürhaken, der plötzlich unendlich schwer wurde? An die Nachttischlampe? Schön – ich kann etwas, das außer mir praktisch niemand kann. Und die Herren in den weißen Kitteln möchten gerne herausfinden, warum ich es kann, wie ich es mache, was ich alles damit machen kann, wo meine Grenzen liegen, ob man es anderen Leuten bei-

bringen kann, ob es eine Fähigkeit ist, die sich vererbt, und was diesen Eierköpfen sonst noch alles einfällt.«
Inzwischen stand Armand nur noch eine Stufe über mir auf der Treppe und wühlte in seinen Hosentaschen. Er förderte zwei kupfern glänzende Geldstücke zu Tage, die er mir auf der flachen Hand vors Gesicht hielt. »Siehst du die? Pass auf.«
Seine Augen verengten sich leicht, ungefähr so, wie wenn jemand versucht, aus fünf Metern Entfernung eine Zeitung zu lesen. Und meine Augen verfolgten ungläubig die beiden Münzen, die sich von der Handfläche erhoben und gewichtslos wie Seifenblasen emporschwebten, um vor meiner Nase auf und ab zu tanzen.
»Erstaunlich, *n'est-ce pas?*«, sagte Armand und zog die Hand weg. Das hinderte die beiden Münzen nicht daran, weiterhin in der Luft herumzuhängen. Armand sah sich unterdessen im Flur um, als ginge ihn das Ganze überhaupt nichts mehr an, und sein Blick fiel schließlich auf die drei Kuhglocken, die an der Wand neben der Küchentür hängen, ein Souvenir von einem lange zurückliegenden Familienurlaub im Allgäu. »Sehr gut«, hörte ich ihn sagen.
Und ehe ich begriffen hatte, wovon er redete, zischten die beiden Geldstücke davon wie zwei winzige Überschalljäger, um Sekundenbruchteile später gegen die Kuhglocken zu prallen, gegen eine große und eine kleine. Ping! Pong! Klingelingeling.
Ich starrte Armand an wie eine Erscheinung und ich

muss wohl ziemlich blöde dreingeguckt haben, denn er grinste amüsiert, ging an mir vorbei und den Flur entlang, um die beiden Münzen langsam und umständlich wieder aufzulesen. So, als wolle er mir eine Chance geben, mit den Ereignissen geistig mitzukommen.

»Vielleicht hast du schon mal etwas darüber im Fernsehen gesehen«, meinte er in beiläufigem Ton. »Man nennt das Telekinese.«

Ich räusperte mich. »Tele-*was?*«

»Ich bin Telekinet. Wenn ich will, bewegen sich Dinge wie von selbst – das heißt, sie bewegen sich so, wie ich es will. Sie gehorchen mir. Das ist Telekinese. Die Macht des Geistes über die Materie. Und ich bin zwar nicht der einzige Telekinet, den es gibt, aber vermutlich einer der besten, in aller Bescheidenheit.« Er grinste hohl. »Aus diesem Grunde wäre es auch völlig widersinnig, wenn ich tatsächlich wegen Mordes gesucht würde. Wenn ich jemanden umbringen wollte, könnte ich das aus hunderten von Metern Entfernung tun, absolut unbemerkt, ohne dass jemand es verhindern könnte und ohne dass man etwas anderes als einen natürlichen Tod feststellen würde. Ich könnte ihn telekinetisch erwürgen, ich könnte ihm das Genick brechen oder ich könnte ihm die Adern, die seine Herzkranzgefäße versorgen, so lange zupressen, bis er tot wäre – Herzinfarkt. Und man braucht nur ein Buch über Anatomie zu lesen, um sich noch locker hundert weitere Methoden auszudenken.«

»Mein Gott«, murmelte ich.
Armand stopfte seine Münzen wieder in die Hosentasche und ließ sich auf die Sitzbank neben der Schuhkommode fallen. »Aber ich habe niemanden umgebracht, obwohl ich eine Menge Leute kenne, die sich das wünschen würden.«
»Dort, wo du herkommst?«, fragte ich skeptisch. »In diesem Institut?«
»Ja, natürlich.« Er holte tief Luft. »Sie beschäftigen sich dort mit der Erforschung parapsychologischer Phänomene, seit Jahrzehnten schon. Vor zwanzig Jahren war Parapsychologie ein ziemlich intensiv diskutiertes Thema, weißt du? Aber in letzter Zeit ist es eher still darum geworden.« Armand verschränkte die Arme. »Was natürlich kein Zufall ist.«
»Nicht?«
Er schüttelte den Kopf, es sah fast spöttisch aus. »In den Siebzigerjahren muss das ein lustiges Leben gewesen sein. Damals sind Psychologen scharenweise mit Fragebögen, bunten Symbolkarten und automatischen Würfelmaschinen durch Universitäten, Schulen und Betriebe gezogen und haben endlose Reihenuntersuchungen durchgeführt, bei denen die Leute verdeckte Karten erraten mussten oder versuchen, die Würfel dazu zu bringen, öfter auf der Sechs liegen zu bleiben als statistisch erklärbar. Damals haben sie herausgefunden, dass es überraschend viele Menschen mit schwach ausgeprägten parapsychischen Fähigkeiten gibt. In praktisch jeder Schulklasse sitzt min-

destens einer, der beim Mensch-ärgere-dich-nicht öfter als normal gewinnt, weil er in brenzligen Situationen einfach die Zahlen würfelt, die er braucht. Und es ist Quatsch, zu sagen, das sei Zufall. Wenn es Zufall wäre, würde heute der eine und morgen der andere diese Art Glück haben. Doch diese Leute können es irgendwie *erzwingen*. Weil es eine Fähigkeit ist, kein Zufall. Es ist eine Vorform telekinetischer Begabung.«

Jetzt musste ich mich auch setzen, auf die Treppenstufen. Ich kannte auch so jemanden, der, wenn es um Würfelspiele ging, mit einer Häufigkeit gewann, die fast unheimlich war: Jessica. Ich glaube, bei Malefiz hat sie noch nie im Leben verloren.

Ich deutete auf die Kuhglocken. »Das hatte mit Würfeln aber nichts zu tun.«

Armand nickte. »Stimmt. Das war etwas, das sich zu dieser Form von Würfelglück ungefähr so verhält wie eine *Cruise Missile* zum Speer eines Neandertalers.«

Jetzt klang er wieder so eingebildet, dass ich ihn auf der Stelle hätte erwürgen können, egal ob telekinetisch oder mit meinen eigenen Händen. »Dann, Mitte der achtziger Jahre, hat sich die Situation verändert. Ich weiß nicht genau, wie und warum, aber auf einmal stieß man auf *wirkliche* Talente. Auf Telekineten, von denen man hoffte, dass sie eines Tages lernen würden, Raketen im Flug umzulenken oder Munitionsdepots aus der Ferne zu zünden. Auf Telepathen, die die Gedanken feindlicher Agenten lesen konnten. Und plötzlich war das nichts mehr für die

Psychologen mit den Fragebögen und Spielkarten, plötzlich war das militärisches Forschungsgebiet. Das ist der Dreh- und Angelpunkt. Man will diese Fähigkeiten erforschen und militärisch nutzbar machen. Und man hat Angst, andere könnten einem zuvorkommen. Das alte Spiel des Wettrüstens.«

Ich begriff. Endlich begriff ich wieder mal was. »Und deshalb kommt nichts mehr darüber im Fernsehen oder in der Zeitung. Weil alle Unterlagen und so weiter inzwischen geheim sind.«

»Genau.«

»Und diesen Leuten bist du entwischt.«

»Zumindest versuche ich es.« Er kniff die Lippen zusammen, sein Blick ging in eine ungewisse Ferne. »Ich war sieben Jahre lang dort, weißt du? Sieben Jahre, in denen ich meine Eltern ganze drei Mal gesehen habe. Ein Gefängnis, das ist es, auch wenn sie alles tun, es einen vergessen zu lassen. Ein riesiger, teilweise unterirdischer Laborkomplex, hermetisch abgeschirmt, in dem sie etwa ein Dutzend Versuchspersonen wie mich haben, und um jeden schwirren unaufhörlich Wissenschaftler, Ärzte, Techniker und Zimmermädchen herum, von den bewaffneten Sicherheitskräften gar nicht zu reden. Du kannst dir nicht vorstellen, was für ein Aufwand da getrieben wird. Ich habe auch ein paar der anderen kennen gelernt. Einen anderen Telekineten, der nur dann telekinetische Fähigkeiten hat, wenn er so aufgeregt ist, dass er Nasenbluten bekommt, und dem sie deshalb vor den Versuchsreihen immer Adrenalin und solches Zeug spritzen. Ein paar Telepathen, Gedankenleser, zum größten Teil noch kleine Kinder, einige von ihnen missgebildete Krüppel. Eine Zeit lang hatten sie ein Mädchen da, das die Zukunft vorhersagen kann. Jede Woche hat sie die Lottozahlen ein paar Tage vor der Ziehung gewusst, ohne sich jemals zu irren, hat es geheißen. Die Wissenschaftler ihrer Gruppe machten ein Vermögen, bevor ein Verbot für Institutsmitglieder erlassen wurde, die Vorhersagen des Mädchens für private Zwecke auszunutzen.«

Ich versuchte aufzulachen, doch ich brachte nur ein ungläubiges Kieksen zu Stande. Das war einfach unglaublich, eine Geschichte aus einer anderen Welt. Wenn ich nicht gerade eben mit eigenen Augen so etwas wie das achte Weltwunder miterlebt hätte, hätte ich ihm kein Wort geglaubt.

»Na ja, egal«, meinte Armand und es klang, als bedauere er es schon, so viel erzählt zu haben. »Ich bin ihnen entkommen und ich werde nicht wieder zurückgehen, nie wieder. Eher sterbe ich. Ich habe ein Recht auf mein eigenes Leben. Sie haben in all den Jahren nicht herausgekriegt, wie Telekinese funktioniert, und sie werden es auch nie herauskriegen. Weiß man denn, wie ein Maler funktioniert, ein Dichter, wie ein Komponist neue Melodien erfindet? Wenn sie glauben würden, man könnte es militärisch nutzen, dann würden sie Maler und Dichter und Komponisten in ihre Forschungsinstitute sperren und mit Ver-

suchsreihen, Drogen und Elektroschocks quälen. Und genauso wenig erfahren.« Es klang sehr bitter.
Ich saß immer noch auf der Treppe, legte die Arme um meine Knie und sah ihn an. »Und was hast du jetzt vor?«
»Weiterflüchten.«
»Und wohin?«
»Ans Ende der Welt, wenn es sein muss.« Er überlegte kurz, dann fragte er: »Wo überall in der Stadt hast du Polizei bemerkt?«
Ich zögerte. Ob ich ihn wohl schneller loswurde, wenn es mir gelang, ihn glauben zu machen, dass das mit der Polizei halb so wild war? Oder würde er sich dann sicher fühlen und sich für die nächste Woche bei mir einquartieren? Keine Ahnung. Schließlich erzählte ich ihm einfach, was ich gesehen hatte: dass die Stadt von Polizisten wimmelte.
»Hast du bei irgendeiner Polizeistreife einen rothaarigen Jungen stehen sehen, etwa zehn, zwölf Jahre alt, mit einem finsteren Gesicht voller Sommersprossen?«
Ich verstand nicht, worauf er hinauswollte. »Nein«, sagte ich. »Das heißt, ich weiß es nicht. Wenn, dann ist er mir nicht aufgefallen. Wieso, wer soll das sein?«
»Er heißt Pierre, und er *wäre* dir aufgefallen, wenn du ihn gesehen hättest. Er hat ein . . . wie sagt man? Ein Feuermal. Pierre hat es um das rechte Auge herum, ziemlich groß, dunkelviolett. Und wenn er einen ansieht, tut einem das regelrecht weh.« Er nagte nachdenklich an seiner Unterlippe. »Andererseits, dass du

ihn nicht getroffen hast, beweist nicht, dass er nicht trotzdem da ist. Was ist mit Autos? Sind dir Autos mit französischen Kennzeichen aufgefallen?«

Ich nickte. »Vorn weiße und hinten gelbe Nummernschilder, nicht wahr? Jede Menge.«

»Das habe ich befürchtet«, murmelte Armand. Er sprang auf und begann, unruhig auf und ab zu gehen. »Dann ist es nur eine Frage der Zeit, bis auch Pierre auftaucht. Mit anderen Worten, ich muss so schnell wie möglich von hier verschwinden.«

Dies war der Abend meines unaufhörlichen Nichtverstehens. »Wieso? Was hat es mit diesem Pierre auf sich?«

»Er ist Telepath, und er hasst mich. Und im Unterschied zu den anderen kann er mir wirklich gefährlich werden. Sie werden mit ihm durch die ganze Stadt fahren, damit er in jedem Haus in alle Gedanken seiner Bewohner hineinhorcht, denn das ist die einzige Möglichkeit, mich schnell und zuverlässig aufzuspüren.«

Mich schauderte. »Warum hasst er dich?«

»Weil er jeden Menschen hasst, sogar sich selbst«, erklärte Armand schulterzuckend. »Vielleicht passiert das allen Leuten, die Gedanken lesen können, keine Ahnung.«

Er schien jetzt fieberhaft nachzudenken, feilte wohl an einem Fluchtplan. Mit spürbarer Unruhe trat er vor den Flurspiegel und betrachtete sich. »Mein Steckbrief ist inzwischen zu bekannt. Ich muss mich irgendwie verkleiden . . .« Er drehte sich abrupt zu mir um und fragte: »Sag mal, du hast doch bestimmt Geld im Haus?«

Oha!, dachte ich und sagte: »Wie bitte?«

»Komm. Deine Eltern müssen dir Haushaltsgeld dagelassen haben, wenn sie ohne dich verreisen.«

»Wie kommst du auf die Idee, meine Eltern seien verreist?«, fragte ich streitsüchtig zurück.

Ihn schien die Frage zu wundern. »Ein Haus verrät eine Menge über seine Bewohner, was denkst du denn? Ein einzelner Teller, der noch vom Frühstück dasteht. Eine hauchdünne Staubschicht auf den sorgfältig gemachten Betten deiner Eltern. Zwei staubfreie Rechtecke neben dem kleinen Koffer im Abstellraum. Ein Zettel bei den Blumen im Wohnzimmer, auf dem steht, ›Marie, denk an den Gummibaum im Arbeitszimmer‹. Und im Arbeitszimmer eine Sammlung ungeöffneter Post, an deinen Vater adressiert und dem Poststempel nach zum Teil schon eine Woche alt. Schätzungsweise sind deine Eltern seit einer Woche weg, und vermutlich kommen sie auch erst in einer Woche zurück, stimmt's?«

»Nächsten Donnerstag, ja«, nickte ich, verblüfft über so viel scharfe Beobachtung.

»Na also.« Es schien ihn nicht einmal zu wundern, dass er Recht gehabt hatte. »So eine Flucht ist nicht nur anstrengend, sondern auch verdammt teuer, kann ich dir sagen.« Er klang, als sei es schon ausgemachte Sache, dass ich ihm helfen würde. Er musterte sich wieder eingehend im Spiegel. »Hmm – die Hose kann bleiben, aber ich brauche eine andere Jacke und am besten auch einen anderen Pullover ... Dein Vater hat doch sicher ein paar Sachen, die er nicht mehr braucht, oder?«

Ich fühlte mich nicht so richtig dafür zuständig, das zu entscheiden, aber wenn ich ihn dadurch loswurde, meinetwegen. Und von mir aus sollte er auch noch einen Hunderter von meinem Haushaltsgeld abbekommen, vielleicht war das ja sogar eine gute Tat. »Ich kann mal nachsehen«, meinte ich lahm.

»Tu das.«

»Wieso sprichst du eigentlich so gut Deutsch?«, fragte ich. Es passte nicht richtig in den Zusammenhang, aber ich fragte mich das schon die ganze Zeit. »Ich dachte immer, Franzosen lernen keine Fremdsprachen.«

»Da ist was dran. Wir haben keinen so guten Fremdsprachenunterricht wie ihr, aber meine Mutter ist Deutsche. Und außerdem Deutsch*lehrerin*. Keine Chance, ohne Deutsch davonzukommen.«

»Und wieso bist du ausgerechnet hierher gekommen? Und wieso in unser Haus?«

Er zuckte mit den Schultern. »Zufall. Man trampt, nimmt irgendwelche Busse oder Bahnen ... Ich bin da oben bei euch aus dem Wald gekommen, von dem Parkplatz an der Schnellstraße auf der anderen Seite des Hügels. Ehrlich gesagt, als ich euer Haus sah, dachte ich erst, da ist überhaupt niemand zu Hause.

Weil es irgendwie so aufgeräumt dalag. Die Jalousien alle genau gleich weit heruntergelassen, kein Fenster offen, und so weiter. Und es war das erste Haus in der Straße.«

»Verstehe«, murmelte ich.

Armand widmete sich wieder dem Spiegel, machte an seinem Haar herum. »Eine Perücke wäre nicht schlecht«, setzte er sein halbes Selbstgespräch fort. »Ich könnte hinten ein bisschen abschneiden, damit sie drüberpasst ... Ich habe gesehen, dass deine Mutter einige Perücken hat. Die mit den kleinen blonden Locken würde nicht zu auffällig aussehen, glaube ich. Passen die eigentlich für jede Kopfgröße? Ich habe keine Ahnung von so was.«

Ich schnappte nach Luft. »Bist du wahnsinnig? Das ist das Meisterstück meiner Mutter!«

»Meisterstück? Was bedeutet das?«

»Sie war Perückenmacherin, ehe sie meinen Vater kennen gelernt hat. Hat am Theater gearbeitet, für den Film und so weiter. Die blonde Perücke ist ihre Abschlussarbeit. Sie zerreißt mich in der Luft, wenn ich dir die gebe.«

Armand blieb unbeeindruckt. »Du brauchst sie mir nicht zu geben.« Er fasste sein Haar mit einer Hand im Nacken zu einem Zopf zusammen, drehte den Kopf nach rechts und links und begutachtete sich im Spiegel. »Ich werde sie mir einfach nehmen.«

»Das rettet mich auch nicht.«

Armand sah auf die Uhr. »Wie auch immer, es geht

weiter. Und wir sollten keine Zeit mehr verlieren. Am besten packen wir erst einmal zwei Reisetaschen mit dem Nötigsten, dann ziehe ich mich um und probiere die Perücke . . .«

Mir lief es heiß den Rücken hinunter. »Zwei Reisetaschen?«, wiederholte ich voll böser Vorahnungen. »Ist das nicht ein bisschen viel Gepäck?«

»Wieso? Eine für dich, eine für mich. Das ist doch nicht viel.«

»Eine für mich?«

Er sah mich erstaunt an. »Ich dachte, das versteht sich von selbst«, meinte er. »Du wirst natürlich mit mir gehen.«

Kapitel 4 | Er ließ mich schimpfen, argumentieren, schreien, zetern und flehen, bis ich keine Luft mehr bekam, und das alles beeindruckte ihn nicht im Geringsten.

»Ich kann dich unmöglich hier zurücklassen«, erklärte er mir dann. »Du würdest mich verraten, und du weißt zu viel.«

»Ich schweige wie ein Grab!«, versprach ich hastig, und in dem Augenblick war das ein ernst gemeintes Versprechen. »Von mir erfährt niemand ein Sterbenswörtchen.«

»Unsinn. Pierre kommt in die Stadt, ist womöglich schon da, und Pierre kann in deinen Gedanken lesen wie in einem Buch. Er würde da draußen auf der Straße stehen bleiben, zehn Sekunden in dich hineinhorchen und danach jedes einzelne Wort kennen, das wir heute Abend gesprochen haben. Das ist mir zu riskant.«

Ich holte tief Luft. »Du warst allein unterwegs und sie haben dich beinahe eingeholt«, gab ich zu bedenken. »Wenn du dich jetzt noch mit einer widerspenstigen Geisel belastest, hast du gar keine Chance mehr.«

Armand schüttelte mit Bestimmtheit den Kopf. »Im Gegenteil. Die Polizei sucht nach einem schwarzhaarigen Jungen, der allein unterwegs ist. Wenn ich jetzt blond bin und in Begleitung, wird man mich einfach übersehen. Klar?«

Ja. Es war alles klar. Man kann sich nicht ernsthaft einem Menschen widersetzen, in dessen Macht es liegt, einem das Herz im Leib stillstehen zu lassen.

Das mit den Reisetaschen stellte sich zunächst als Problem dar. Da meine Eltern verreist waren und Mutter es bei solchen Gelegenheiten nie versäumt, mindestens ihre halbe Garderobe mitzunehmen, herrschte akuter Mangel an Taschen und Koffern jeder Art. Doch Armand schien sich ausnehmend gut umgesehen zu haben im Hause Behnert, denn er fand doch noch zwei passabel große Umhängetaschen.

Als klar war, dass es daran jedenfalls nicht mehr scheitern würde, durchwühlte ich die Sachen meines Vaters und förderte schließlich ein altes graues Werbe-T-Shirt seiner Firma zu Tage, das Vater ohnehin zu klein gewesen wäre, außerdem ein grauenhaft rostbraun-orange kariertes Flanellhemd, das beim Waschen etwas eingegangen war und Armand deshalb passte. Außerdem überließ ich ihm noch eine dunkelgrüne Windjacke von mir, die mir seit jeher zu groß gewesen war. Er zog alles an und sah schon gänzlich verändert aus.

Was packt man ein als Geisel? Darüber lernt man auch nichts in der Schule. Ich suchte zusammen, was man auf normalen Reisen so braucht – Shampoo, Seife, Zahnpasta, meine Zahnbürste . . . »Mir auch eine, bitte«, meinte Armand, der sich unterdessen über der Badewanne selber die Haare schnitt. Also holte ich noch eine nagelneue aus dem Schrank und tat sie auch dazu. Dabei fiel mein Blick auf ein kleines Erste-Hilfe-Päckchen, ein Plastikbeutel mit Binden und Pflastern und so weiter und dem Namensaufdruck von Vaters Betriebskrankenkasse, und irgendwie fielen mir dabei die Polizisten ein mit der Maschinenpistole und dem Monsterhund und was man schon so im Fernsehen gesehen hat darüber, was alles blöd laufen kann bei Geiselnahmen, und ich stopfte es auch noch in die Tasche.

»Wie sieht es aus?«, wollte Armand wissen, als er fertig war.

Nicht einmal wenn er ein Wischmopp gewesen wäre, hätte man seinen Haarschnitt akzeptieren können. »Du solltest den Friseur verklagen«, riet ich ihm nach einem kurzen Blick und packte noch zwei Handtücher ein.

Er seufzte und legte die Schere beiseite. »Was für ein Glück, dass es Perücken gibt.«

Er ging zu Mutters Frisierkommode und ich musste ihm beim Aufsetzen der Perücke helfen. Es war tatsächlich verblüffend, wie vollkommen anders er aussah mit blonden Locken. Dass sein dunkles Haar darunter durchschimmerte, machte überhaupt nichts. Er sah damit einfach aus wie manche Typen bei uns an der Schule, die sich aus einer Laune heraus knallblond färben lassen und später natürlich nicht im

Traum daran denken, die dunkel nachwachsenden Ansätze nachzubleichen.
Ich wagte es kaum, vor mir selber zuzugeben, aber mit der Perücke hatte Armand eine verblüffende Ähnlichkeit mit *Dominik!* Ausgerechnet!
Ich packte noch ein paar Klamotten ein, was mir halt in der Eile unter die Finger kam, dazu die eine oder andere Kleinigkeit, die man als Frau eben so braucht. Armand plünderte derweil hemmungslos die Speisekammer.
Anschließend wollte ich mich selber auch umziehen, denn ich war der Meinung, für eine Entführung nicht passend gekleidet zu sein. Es bedurfte einer weiteren lautstarken Auseinandersetzung, bis Armand einverstanden war, dass ich das in der Abgeschiedenheit meines Zimmers tat.
»Ich hüpfe schon nicht aus dem Fenster«, erklärte ich.
»Aber vielleicht schreist du die Nachbarschaft zusammen. Wie du so schön gesagt hast – die nächsten drei Häuser, Minimum«, sagte er.
Schließlich einigten wir uns darauf, dass die Zimmertür ein Stück weit offen blieb, sodass er vom Flur aus das Fenster im Auge behalten konnte und den Schreibtisch, der darunter stand. Außerdem nahm Armand mit den Worten »Heimlich telefonieren muss auch nicht sein« mein Handy an sich, das mitten auf der Schreibunterlage gelegen hatte.
Heimlich zu telefonieren wäre tatsächlich keine schlechte Idee gewesen. Während ich mich umzog,

fiebrig die Vor- und Nachteile meiner diversen Jacken, Pullover und Hosen für die besondere Situation einer Entführung abwägend, durchwühlte ich hastig den Kleiderschrank und suchte überall da, wo Armand mich nicht sehen konnte, nach irgendwelchen Gegenständen, die meine Chancen, diesen Alptraum heil zu überstehen, verbessern mochten. Aber was wollte ich anfangen mit, sagen wir, einer Kleiderbürste, einem Dinosaurier-Filzstift oder einer Sammlung abgegangener Knöpfe? Mein Pfefferspray hätte ich jetzt brauchen können, aber das lag seit Jahren unbenutzt irgendwo, und mein Taschenmesser war genauso unauffindbar.

Eine Botschaft, ich musste zumindest eine Botschaft an meine Eltern hinterlassen. Ich zückte hastig den Dinosaurier-Filzstift und schrieb auf den Spiegel, der innen an der Tür meines Kleiderschranks befestigt war. Filzstift auf Spiegel, das geht absolut lautlos: *Heute ist hier ein gewisser Armand Duprée eingedrungen, der auf der Flucht ist. Er ist Telekinet. Er zwingt mich ihn zu begleiten, keine Ahnung, wohin. Ich passe auf mich auf, aber falls mir etwas passieren sollte . . .*

»Wie lange dauert denn das?«, maulte Armand draußen mit spürbarer Ungeduld.

»Ich bin gleich fertig«, erwiderte ich, streifte eilig die Jacke über und überlegte fieberhaft, was denn sein würde, *falls mir etwas passieren sollte*. Was ich denn verfügen wollte für diesen Fall.

Doch mir fiel nichts ein. Ich sah mich außer Stande,

sozusagen innerhalb von zehn Sekunden mein Testament zu schreiben. Also wischte ich den letzten Teil des Satzes wieder weg und kritzelte stattdessen hin: *Ich passe auf mich auf. In Liebe, Marie.* Was man halt so schreibt.

»Was verstehst du unter ›gleich‹?«, drängelte Armand.

Mein Blick fiel auf ein winziges Fläschchen Parfüm, das seit Jahren unbeachtet und unbenutzt neben meinen Winterhandschuhen lag. Eins von diesen Wichtelgeschenken, bei denen man nach dem Auspacken eher gequält lächelt, wenn ich mich recht entsinne. Aber Parfüm! Das hieß, reiner Alkohol. Alkohol konnte verheerende Dinge anrichten an den richtigen Körperstellen, in den Augen beispielsweise. Und das Fläschchen trug die Aufschrift *Freedom,* was mir in dem Augenblick wie ein Fingerzeig des Schicksals vorkam.

»Ich bin sozusagen schon draußen«, rief ich und schob das dicke, stabil aussehende Glasding in die Hosentasche. Immerhin, eine Dame kann in Situationen kommen, in denen es unverzichtbar ist, ein Duftwasser zur Hand zu haben, nicht wahr?

Ich öffnete die Tür. »Schon da.«

Armand musterte mich, als habe er damit gerechnet, dass ich ein signalrotes T-Shirt mit der Aufschrift *Rufen Sie die Polizei, ich werde entführt* überstreifen würde. Dass ich es nicht getan hatte – ich hätte auch nichts dergleichen zur Hand gehabt –, beruhigte ihn offen-

bar. »Gehen wir«, nickte er und stapfte vor mir die Treppe hinab. Was aus meinem Handy geworden war, darüber verlor er kein Wort.
Und so gingen wir. Es war etwa drei viertel sieben, als wir das Haus verließen. Draußen begann es schon, dunkel zu werden; die Straßenlaternen brannten. Ich schloss die Haustüre sorgfältig ab, warf einen letzten Blick auf den Vorgarten, den Rhododendron und die Blumentöpfe in Reih und Glied unter dem Garderobenfenster. Mein Fahrrad, das ich gegen die Wand gelehnt hatte, war umgekippt und lag da wie hingeworfen. Ich musste wieder an Jessica denken und daran, wie sie einmal ihr eigenes Rad lieblos in irgendeinen Busch hatte fallen lassen. Ich hatte ihr damals in vollem Ernst erklärt, dass sie, wenn sie meines jemals so schlampig daliegen sähe, davon ausgehen dürfe, dass mir was Schlimmes zugestoßen sei.
Dieser Augenblick war nun ja wohl gekommen. Erstaunlich, dass mein Fahrrad das von selber gemerkt hatte.
»Komm endlich«, sagte Armand halblaut. Es klang, als kriegte er langsam schlechte Laune.
Also nahm ich meine Umhängetasche und wir gingen. Der Abend war mild, aber das würde nicht so bleiben um diese Jahreszeit. Und nirgendwo war auch nur ein Polizist zu sehen.
Eine Weile marschierten wir schweigend nebeneinander her. Ich hatte keine Ahnung, was Armand vorhatte. Während wir unsere Schuhe angezogen hatten – er

hatte auch seine wieder aus dem Schrank geholt, teuer aussehende, aber übel zerschundene Lederschuhe –, hatte er sich nach dem Weg zum Bahnhof erkundigt. Daraus schloss ich, dass mich zumindest kein nächtlicher Fußmarsch quer durch die Wälder zu einem der umliegenden Dörfer erwartete.

Na ja, und dazu hätte sich Armand schließlich auch nicht zu verkleiden brauchen.

»Sag mal«, brach er plötzlich das Schweigen, »gibt es hier eigentlich auch einen Bus, der zum Bahnhof fährt?«

»Na ja, schon. Aber bis zur Haltestelle ist es ein ziemliches Stück. Und es ist zu Fuß nicht weit zum Bahnhof, nur die Straße dort vorn hinunter und dann über eine Brücke . . .«

»Es geht mir nicht um die Entfernung. Ich laufe schließlich seit Tagen querfeldein«, versetzte Armand ungehalten. »Ich habe mir nur gerade überlegt, dass ich ungern an unzähligen Polizisten vorbei durch die Stadt spazieren möchte. Es scheint mir sicherer, mit dem Bus zu fahren.«

»Von mir aus«, sagte ich. »Aber dann müssen wir in die andere Richtung gehen.«

»Dann gehen wir eben in die andere Richtung«, erwiderte Armand.

Also marschierten wir zur Waldrandsiedlung hinauf, wo die nächste Haltestelle des Stadtbusses lag. Es begegnete uns kaum jemand: Ein älteres Ehepaar, das einen winzigen Hund ausführte und uns argwöhnisch musterte, als fürchteten sie, wir würden ihn versehentlich zertreten; eine Gruppe Männer, die lautstark in einer osteuropäisch klingenden Sprache palaverten und keinerlei Notiz von uns nahmen; ein Motorradfahrer, der an uns vorbeibrauste; ein paar Autos. Einmal drückte mich Armand eilig in eine überwucherte dunkle Hauseinfahrt, als weiter vorne ein Auto um die Ecke bog, das sich im Licht der Straßenlaternen als Polizeifahrzeug entpuppte. Immerhin, sie waren also noch da. Wir standen im Schatten einer drei Meter hohen Immergrün-Hecke und sahen zu, wie der Wagen gemächlich an uns vorbeirollte. Die beiden Beamten darin starrten unübersehbar gelangweilt vor sich hin und der Beifahrer gähnte mit geradezu ansteckender Hingabe.

Wir erreichten die Haltestelle nach einer Viertelstunde und ohne dass uns noch einmal jemand in grüner Uniform über den Weg gelaufen wäre. Neben dem Haltestellenschild stand bereits ein Mädchen in meinem Alter, mit bauchfreier und derart tief sitzender Hose, dass man sich fragte, ob es womöglich ein telekinetischer Trick war, der sie auf ihren Hüften hielt.

»Hält der Bus direkt vor dem Bahnhof?«, wollte Armand wissen, nachdem er seinen Blick von ihr losgerissen und auf den Fahrplan gerichtet hatte, wo, anbei bemerkt, genau das schwarz auf weiß stand.

»Wenn er nicht gerade entführt wird, schon«, versetzte ich missgelaunt.

Wie sich herausstellte, dauerte es noch sechs Minuten,

bis der nächste Bus kam. Wir stellten uns ein paar Schritte weiter weg an den Fahrbahnrand und warteten.

Ich betrachtete nachdenklich die großen grauen Wohnblöcke auf der anderen Seite der Straße, düstere Klötze, die gesprenkelt waren mit warm leuchtenden Rechtecken. In manchen Fenstern flackerte auch nur das geisterhafte bläuliche Licht, das ein eingeschalteter Fernsehapparat verbreitet. Ich sah auf die Uhr. Eben hatten die Abendnachrichten im ZDF angefangen. Eine der Meldungen würde sich vielleicht mit Armand und der Suche nach ihm befassen. Nein, ganz sicher – sie würden seine Beschreibung durchgeben und ein Foto zeigen und die Bevölkerung um Mithilfe bitten.

Diese Vorstellung faszinierte mich. »Hast du das mitgekriegt?«, sagten in diesem Augenblick fünfzig oder hundert Menschen hinter den erleuchteten Fenstern, zu denen ich aufsah. »Das ist doch bei uns! Der spricht von unserer Stadt! Hast du die Haustüre abgeschlossen?« Und ich stand hier unten auf der Straße und der, den sie alle suchten, stand neben mir.

In was für merkwürdige Situationen man geraten kann, dachte ich.

»Der Bus kommt«, sagte Armand in diesem Moment.

Majestätisch kam er herangerollt, hell erleuchtet und durchsichtig, und hielt mit quietschenden Reifen und zischend aufklappenden Türen vor uns. Er war nur schwach besetzt, was Armand zu einem unwilligen

Brummen veranlasste. Offenbar wäre es ihm lieber gewesen, er wäre rappelvoll gewesen, aber das gibt der Busverkehr hier am Stadtrand beim besten Willen nicht her.
Mein Entführer ließ mir den Vortritt und überließ es mir auch, die Fahrkarten für uns zu lösen. Ich warf, während ich bezahlte, dem Busfahrer wild rollende, bedeutsame Blicke zu und verzog den Mund zu Grimassen – was halt so geht, wenn jemand hinter einem steht und nichts davon merken darf –, aber der Kerl glotzte mich nur stumpfsinnig an, strich das Geld ein und meinte: »Du hast was an den Augen.«
Ich ließ es. »Danke für den Hinweis«, sagte ich. Hoffentlich klang es sarkastisch.
Armand dirigierte uns auf die Sitzbank direkt am Hinterausgang und bedeutete mir mit einem Kopfnicken, den Fensterplatz zu nehmen. Das aufgetakelte Mädchen setzte sich ganz vorne hin. Ich sah, wie Armand die übrigen Fahrgäste misstrauisch musterte, aber keiner nahm besondere Notiz von uns.
»Was wollte er denn?«, fragte er halblaut.
»Nichts«, sagte ich. »Scheint bloß ein Idiot zu sein.«
Genau in dem Moment, als der Bus losfuhr, sah ich eine Polizeistreife mit zwei Hunden aus einer kleinen Quergasse kommen und gemächlich auf die Bushaltestelle zusteuern. War es zu fassen? Und was um alles in der Welt sollte ich jetzt *tun?!*
Nichts, natürlich. Armand sah sie auch und er hob unmerklich die Hand, so, als wolle er bereit sein mich

festzuhalten, wenn ich etwa versuchte aufzuspringen und mit den Armen zu rudern oder mich sonst irgendwie auffällig zu benehmen.
Es wunderte mich, dass er das tat. Hatte er nicht behauptet, alles mit der Kraft seines Geistes bewerkstelligen zu können? Leuten telekinetisch die Herzkranzgefäße zudrücken und so weiter? War das am Ende bloß Aufschneiderei?
Ich musterte ihn verstohlen von der Seite und musste an die Jungs in der Schule denken und was für entsetzliche Angeber sie alle waren. Große Klappe, aber nie was dahinter. Warum sollte Armand eine Ausnahme sein? Vielleicht war der Trick mit den Münzen alles, was er draufhatte. Und ich war ihm auf den Leim gegangen, hatte ihm jedes Wort seiner *Akte X*-Story geglaubt.
Schön blöd, wenn das am Ende so herauskam. Wie man über mich lachen würde! Ich würde mich nicht nur nicht mehr in der Schule blicken lassen können, ich würde eine Gesichtsoperation brauchen, einen anderen Namen und ein lateinamerikanisches Land, in dem ich untertauchen konnte.
Doch bis ich mir das alles so weit überlegt hatte, war der Bus schon ums Eck. Ich starrte durch die Scheiben hinaus, in denen sich das erleuchtete Innere des Fahrzeugs spiegelte und mit dem Straßenbild vermischte, und dachte nach. Das würde sowieso nicht funktionieren. Vor einer Übermacht an Polizei fliehen, das konnte man vielleicht mit einem schnellen Wagen

versuchen oder einem Flugzeug, aber doch nie im Leben mit dem Stadtbus und der Eisenbahn! Mit anderen Worten, über kurz oder lang würden wir einem Trupp Polizisten in die Arme laufen, groß genug, dass Armand auch seine parapsychologischen Zauberkunststücke nichts mehr nützen würden, und die Sache war vorbei.
Ich hatte mich ins Bockshorn jagen lassen, genau. Telekinese? So ein Quatsch. Schließlich, wenn jemand wie David Copperfield im Fernsehen seine Show abzog, kapierte man auch nicht, wie er es machte, und der brachte noch ganz andere Sachen fertig, als zwei Münzen durch die Luft fliegen zu lassen.
Lachhaft. Am Bahnhof würde ich einfach aus dem Bus steigen und Armand stehen lassen. Was sollte er mir denn schon tun, vor all den Leuten?
Plötzlich bemerkte ich in der spiegelnden Fensterscheibe, dass Armand mich von der Seite musterte. Ich drehte mich um und sah ihn finster an: »Was ist?«
Er zuckte zusammen. Erwischt! »Nichts«, versicherte er hastig. »Wieso, was soll sein?«
Ich sagte nichts und er guckte woanders hin. Den Rest der Fahrt verbrachten wir vermutlich beide damit, nach Fahrzeugen der Polizei Ausschau zu halten, doch es waren nirgendwo welche zu sehen. Kein Vergleich mit der Szenerie, die sich mir auf meinem Heimweg heute Nachmittag geboten hatte. Heute nachmittag? Ich hatte das Gefühl, dass das hundert Jahre her war.

Es geschah, als der Bus in die Bahnhofstraße einbog. Die Straße war hell erleuchtet, vor den Schaufenstern und unter den bunten Leuchtreklamen waren viele Leute unterwegs, die die allgegenwärtigen Polizisten befremdet betrachteten. Ich griff nach meiner Umhängetasche und machte mich bereit zum Aussteigen, als Armand plötzlich meinen Arm packte.

»*Merde!*«, zischte er. »Pierre!«

Dann ging alles ganz schnell. Ich folgte seinem Blick und da stand er, ein kleiner, rothaariger Junge, zusammen mit drei breitschultrigen Begleitern, vor den Auslagen eines Spielzeuggeschäfts. Er hatte der Straße den Rücken zugekehrt und schien in die Betrachtung einer großen Zeichnung vertieft zu sein, die einen Indianer am Marterpfahl zeigte, aber mit seinen übernatürlichen Sinnen entdeckte er Armand im selben Augenblick wie dieser ihn. Es war wie ein Alptraum. Pierre fuhr herum wie von einem Peitschenhieb getroffen, mit aufgerissenem Mund, als schrie er, und seine glühenden, fiebrigen, furchtbaren Augen suchten die unseren und fanden sie schließlich, und wir waren entdeckt.

Doch im nächsten Augenblick riss er die Hände hoch, mit einer flatternden, fahrigen Bewegung; berührte ziellos seinen Hals, seinen Kopf, dann glitt sein irrlichternder Blick davon, und mit einer ungelenken, kraftlosen Drehung des Körpers fiel er zu Boden wie eine Marionette, deren Fäden durchschnitten worden waren.

Sofort herrschte große Aufregung. Seine Leibwächter beugten sich über ihn, einer riss ein graues Ledermäppchen aus der Tasche, ein anderer hatte auf einmal ein Funksprechgerät in der Hand. Passanten traten neugierig dazu, Polizisten kamen herbeigeeilt, und auch die Leute im Bus reckten die Hälse und standen auf, um zu sehen, was da los war. Ich sah Armand an, der ausdruckslos vor sich hin starrte.

»Es war ein Duell, das hast du doch gesehen«, murmelte er, als er mein Entsetzen bemerkte. »Keine Angst, er lebt noch. Sie werden vermuten, dass er einen seiner Anfälle hat.«

Ich wusste nichts zu erwidern. Der Bus hielt vor dem Bahnhofsgebäude, wir nahmen unsere Taschen und standen auf, um möglichst als Erste auszusteigen. Aber ich musste mich an einem Griff festhalten, sonst wäre ich hingefallen, so weich waren meine Knie plötzlich.

Kapitel 5 | Mitten in der Bahnhofshalle, unübersehbar, standen zwei Polizisten. Beide trugen schwarze Lederjacken, hatten Funkgeräte griffbereit auf der Brust, Handschellen im Gürtel, die Pistolentasche aufgeknöpft, und ließen die Blicke suchend schweifen.
Armand atmete neben mir vernehmlich ein. »Ganz ruhig«, raunte er. »Wenn wir so tun, als sei alles normal, werden sie uns nicht bemerken.«
Ich schluckte. Vorhin, im Bus – vor dem Vorfall mit dem rothaarigen Jungen – war ich noch wild entschlossen gewesen, auf den nächsten Polizeibeamten zuzumarschieren, der mir vor die Augen kam, auf Armand zu zeigen und zu schreien: »Das ist der, den Sie suchen! Verhaften Sie ihn!«
Aber dann war das mit Pierre passiert. Jetzt konnte ich wie besessen nur noch daran denken, wie die Nachttischlampe meiner Mutter zerplatzt war. Und wie Armand gesagt hatte: *Ich kann das mit deinem Kopf machen, wenn es sein muss.*
Ich hatte Angst. Und dass ich Angst hatte, machte mich wütend. Armand verfügte über mein Leben wie die Wissenschaftler seines Instituts über das seine verfügt hatten, und mir gefiel das genauso wenig wie ihm.

Falls dieses Institut wirklich existierte. Ach, verdammt, ich wusste nicht mehr, was ich denken sollte!
Armand lotste mich an den Polizisten vorbei, mitten in die Halle hinein, wo er stehen blieb und ungerührt die große Anzeigetafel studierte. »Stuttgart, in sechs Minuten«, las er die erste Zeile. »Gleis eins, gleich dort vorne raus. Den nehmen wir.«
»Was willst du denn in Stuttgart?«, maulte ich.
»Mich ins Nachtleben stürzen«, erwiderte er und dirigierte uns in Richtung Fahrkartenschalter. »Los, kauf zwei Karten.«
Ich kramte mein Geld hervor und lugte dabei verstohlen zu den Polizisten hinüber. Waren die eigentlich mit Blindheit geschlagen oder was? Hier, hier war der Kerl, den alle Welt suchte, vor ihren Augen! Und was taten sie? Sie hatten einen mageren Jungen mit halblangem braunem Haar angehalten und ließen sich seinen Ausweis zeigen, überprüften ihn sogar per Funk.
Vielleicht sollte ich versuchen, Armand die Perücke vom Kopf zu reißen. *Ganz zufällig* daran hängen bleiben, irgendwie, und dann ein Ruck, und bestimmt würden alle Leute gucken . . .
Ich musste nur auf den geeigneten Moment warten.
Überhaupt, wieso sechs Minuten? Fünf waren es nur noch. In dem Augenblick, als ich hinsah, sprang der Zeiger der Bahnhofsuhr auf den nächsten Teilstrich. Das würde sowieso nicht reichen. Beide Fahrkartenschalter waren besetzt. Nie im Leben.

Dass man Fahrkarten auch im Zug kaufen konnte, brauchte ich Armand ja nicht auf die Nase zu binden.
Wir stellten uns an beiden Schaltern an. Vor Armand stand eine ältere Frau, die mit zahllosen Einkaufstaschen, Handtaschen und Geldbeuteln herumfuhrwerkte und, wie es schien, mindestens eine Weltreise plante. Vor mir fing ein Pärchen damit an, ein Formular auszufüllen, wobei sie über jeder zweiten Zeile ausgiebig beratschlagten. Noch vier Minuten. Ich bemühte mich, nicht vor Schadenfreude zu grinsen. Keine Chance, Mister Telekinet. Und der nächste Zug ging erst wieder in einer halben Stunde. Bis dahin konnte viel passieren, sehr viel ...
Armand verschränkte die Arme. Die Ruhe weg hatte er, das musste der Neid ihm lassen.
»Zur Not«, sagte er unvermittelt zu mir, »kaufen wir die Karten im Zug.«
»Ah«, machte ich verdattert. »Kann man das?«
»Machen viele«, nickte er und warf einen kurzen Blick in Richtung Staatsgewalt, gerade so, als beruhige es ihn, dass hier so gut aufgepasst wurde.
Doch die Dame mit der Weltreise war auf einmal fertig, Armand trat an den Tresen und verlangte zwei Karten nach Stuttgart, zweiter Klasse, und schnell, wenn's ginge. Er winkte mir, zu ihm zu kommen und den Spaß zu bezahlen, und gleich darauf blieb nur noch, hinaus aufs Gleis zu gehen, wo der Zug gerade einfuhr. Ein letzter Blick auf die beiden Polizisten: Sie unterhielten sich in aller Gemütsruhe. Und dann

stand ich in einem anfahrenden Zug, sah jenseits der Zugfenster meine Heimatstadt davonziehen und hatte nicht den Hauch einer Ahnung, was nun werden sollte.

»Warst du schon mal in Stuttgart?«, fragte Armand.

»Ein, zwei Mal«, erwiderte ich unbehaglich. Ein Schulausflug hatte in den Zoologischen Garten geführt, und mit meinen Eltern war ich einmal auf dem Weihnachtsmarkt gewesen. »Aber das ist lange her. Ich kenne mich nicht aus, falls du das meinst.«

Armand nickte. »Macht nichts. Komm, suchen wir uns einen Platz.«

Es war ein gewöhnlicher Nahverkehrszug aus lauter uralten Großraumwaggons, mit engen, nicht besonders bequemen Sitzbänken rechts und links des Mittelgangs. Er war gut besetzt. Wir mussten eine Weile suchen, bis wir in einem Nichtraucherabteil zwei nebeneinander liegende freie Sitzplätze fanden. Diesmal nahm Armand den Fensterplatz und stieß dabei an die Knie des zeitunglesenden Herrn auf dem Sitz gegenüber, was ihm einen verweisenden Blick eintrug.

»Du weißt nicht zufällig, wann wir in Stuttgart ankommen?«, fragte Armand, von verweisenden Blicken nicht zu beeindrucken. »Ungefähr, meine ich?«

»Nein«, erwiderte ich kurz angebunden.

»Um zwanzig Uhr neunundvierzig«, warf der zeitunglesende Herr gegenüber von Armand ein. »Elf Minuten vor neun.«

Armand sah ihn überrascht an. »Oh«, meinte er. »Vielen Dank.«
»Keine Ursache«, erwiderte der Mann steif und blätterte um. Ich musterte ihn unauffällig. Er trug einen ordentlichen Anzug mit Weste und Krawatte, an dem Haken über ihm hing ein heller Frühjahrsmantel, und neben sich hatte er einen abgenutzt aussehenden ledernen Aktenkoffer liegen und darauf wiederum die Teile der Zeitung, die er gerade nicht las. Ich spähte auf die Schlagzeilen.
Mit einem Gefühl, als würde ich plötzlich aufwachen, erkannte ich auf einem großen, deutlichen Foto auf der unteren Hälfte der Titelseite – Armand!
Unwillkürlich hielt ich die Luft an. Ich konnte deutlich die Schlagzeile darüber lesen: *Jugendlicher Gewalttäter entwichen – Bevölkerung dringend um Mithilfe gebeten.*
Ich presste nervös die Lippen zusammen. Das war vielleicht meine Chance. Vielleicht würde der Mann Armand irgendwann im Verlauf der Fahrt erkennen, trotz der goldlockigen Haare, die er jetzt trug und die ihm zwar erstaunlich gut standen, wenn man bedachte, dass es eigentlich eine Frauenperücke war, die aber doch, wenn man genau hinsah, unecht schimmerten im Licht der Neonröhren, die das Abteil beleuchteten. Vielleicht würde er ihn erkennen und Alarm schlagen, so tun, als müsse er auf die Toilette, und von dort aus mit dem Handy die Polizei anrufen . . .
Und dann? Armand würde sicher entkommen. Er

würde den Zug telekinetisch anhalten und aus dem Fenster springen, Hubschrauber abstürzen lassen und Bluthunde aus der Ferne erwürgen, Pistolenkugeln von sich ablenken und Autos in Brand setzen, alles kein Problem.

Auf jeden Fall würde ich ihn los sein. Ich würde in aller Ruhe an irgendeinem Bahnhof aussteigen und den nächsten Zug nach Hause nehmen.

Der Mann im Anzug faltete den Sportbericht zusammen, legte ihn auf die Nachrichten und griff nach dem Wirtschaftsteil. Aha, dachte ich und kam mir sehr clever vor, jemand, der eine Zeitung von hinten nach vorn liest. Zuerst die Todesanzeigen, zum Schluss die Nachrichten. Umso besser, denn dann bekam er Armands Foto erst noch zu Gesicht. Und vielleicht, vielleicht kam es ihm bekannt vor, und dann . . .

Ich warf einen kurzen Blick zu Armand hinüber. Ein Kribbeln im Magen. Wie immer wenn ich aufgeregt bin und es verbergen will. Er sah gelangweilt aus dem Fenster, hinaus in eine Nacht voller vorbeihuschender Schatten.

Ich beobachtete die anderen Fahrgäste, die größtenteils vor sich hin dösten, Bücher lasen, strickten oder sich leise unterhielten. Immer wieder kontrollierte ich den Herrn uns gegenüber und wie weit seine methodische, gründliche Lektüre des Wirtschaftsteils bereits gediehen war. Oh, nur noch drei Seiten. Schneller, mein Herr! Müssen Sie denn wirklich jeden einzelnen Artikel lesen? Die Firmen gehören Ihnen doch sowieso nicht, sonst würden Sie erster Klasse reisen und dort Ihre Zeitung lesen, und nicht diesem jungen Mann neben mir gegenübersitzen, diesem dringend gesuchten Gewaltverbrecher. Schneller, schneller!

Ich zuckte zusammen, als ich so unvermittelt aus meinen vergeblichen Bemühungen gerissen wurde, irgendetwas mit der Kraft meines Geistes zu beeinflussen, und sei es nur das Leseverhalten eines Mitreisenden. Der Schaffner war ein untersetzter Mann in blauer Uniform, mit lockigem grauem Haar und kleinen Augen, und wie er den Gang entlangkam und suchend nach rechts und links blickte, sah er aus, als ersehne er nach einem langen, harten Tag nur noch den Feierabend.

»Du hast die Karten«, stieß mich Armand an.

So nervös, als hätte man mich bei einer unrechten Handlung erwischt, kramte ich in meiner Tasche nach den Fahrkarten, fand sie schließlich und reichte sie dem Schaffner. Der bedachte mich mit einem müden Lächeln, musterte die Karten blinzelnd und stempelte sie dann schwerfällig ab. Mit einer matten Bewegung gab er sie mir wieder zurück und setzte dann seinen Weg fort, sein »Gutentagzugestiegenediefahrscheinebitte!« wie eine Beschwörung herunterleiernd.

Ich verstaute die Karten wieder, dabei unauffällig den Mann mit der Zeitung musternd. Er war auf der vorletzten Seite des Wirtschaftsteils angelangt. Jeden Moment musste er nach der Titelseite greifen. Die

Schmetterlinge in meinem Bauch fingen an zu flattern.
Armand starrte jetzt so intensiv aus dem Fenster, als suche er etwas Bestimmtes. Als der Mann auf die letzte Seite Wirtschaft umblätterte, stand Armand plötzlich auf, presste das Gesicht gegen die Scheibe und hielt sich die Hände rechts und links des Kopfes hin wie Scheuklappen, wohl um das Licht der Wagenbeleuchtung abzuschirmen. Ich fragte mich, was es da draußen Interessantes zu sehen geben mochte. Polizei? Militär?
»Marie, komm mal her, bitte«, wandte er sich unvermittelt an mich. »Ich glaube, jetzt kommt gleich etwas, das ich dir unbedingt zeigen möchte.«
Ich verstand überhaupt nichts. Kannte Armand die Gegend hier etwa? Das hatte vorhin anders geklungen. Und seit wann sagte er Bitte zu mir? Ich trat neben ihn und versuchte, etwas zu erkennen, aber draußen war alles stockfinster.
Der Mann legte den Wirtschaftsteil ordentlich zusammen.
»Kannst du etwas sehen?«, wollte Armand wissen.
»Nein«, erwiderte ich. »Wieso, was soll ich denn sehen?«
Der Mann legte den Wirtschaftsteil beiseite und griff nach dem Nachrichtenteil, dem Teil mit dem Titelblatt, dem Titelblatt mit dem Fahndungsfoto . . .
»Die Glasscheibe stört. Sie ist von außen zu schmutzig«, meinte Armand und wandte sich an den Herrn

im Anzug: »Hätten Sie etwas dagegen, wenn ich das Fenster kurz öffne, nur für eine halbe Minute? Ich möchte ihr gern etwas zeigen und . . .«

»Von mir aus gerne, wenn's wirklich nur kurz ist«, erwiderte der Herr im Anzug und entfaltete den Nachrichtenteil. In genau diesem Augenblick zog Armand das obere Schiebefenster herunter. Ein kalter Luftzug schoss herein, und der schien es zu sein, der dem Mann jäh die Zeitung aus der Hand riss und sie mit sich fort trug, hinauf und hinaus zum Fenster, hinein in die Nacht, auf Nimmerwiedersehen. Weg war sie, die Zeitung mit dem verräterischen Bild.

Mit einem Laut des Erschreckens hatte Armand das Fenster sofort wieder zugerammt. Er bat den Mann, der ganz perplex dasaß und fassungslos zwischen seinen Händen und dem Fenster hin und her blickte, eindringlich um Entschuldigung, beteuerte, dass es ihm Leid täte, dass er das aber wirklich nicht hätte ahnen können . . .

»Macht nichts, macht nichts«, brabbelte der Mann. »Es war sowieso nur der Teil mit den Nachrichten, die sehe ich ja noch im Fernsehen. Es macht nichts.« Und kopfschüttelnd fügte er hinzu: »Ich muss sagen, das ist mir jetzt auch noch nie passiert!«

Eine Station später stieg der Mann aus, nachdem er die restlichen Zeitungsseiten sorgsam in seinem Köfferchen verstaut, seinen Mantel angezogen und sich höflich von Armand und mir verabschiedet hatte. Als der Zug wieder anfuhr, raunte Armand mir zu: »Das mit der Zeitung, das war ich. Auf dem Titel war ein Foto von mir abgedruckt, weißt du?«

Ich sah ihn nur an, konnte nichts sagen. Ich wusste, oh ja. Und wie ich wusste. Ich kam mir vor wie betrogen.

Kapitel 6 | Mit drei Minuten Verspätung, um acht Minuten vor neun, kamen wir in Stuttgart an. Ich war noch nie mit dem Zug nach Stuttgart gekommen und spähte deshalb neugierig aus dem Fenster, während der Zug durch die nächtliche Stadt auf den Hauptbahnhof zurollte. Ich sah breite, beleuchtete Straßen und zahllose Autos, Grünanlagen, Fabrikanlagen mit finsteren Hinterhöfen, ein großes Kino direkt an den Gleisen und den Fernsehturm am Horizont, der den Strahl seines starken Scheinwerfers über den Nachthimmel rotieren ließ.

Dann erreichte der Zug den Bahnhof, auf dessen Bahnsteigen ein buntes Treiben herrschte. Menschen wimmelten durcheinander, Koffer und Taschen in den Händen, Zigaretten rauchend, miteinander redend, abwartend, vorwärts drängend, Gepäckwagen vor sich herschiebend, Ausschau haltend. Manche trugen Mäntel oder dicke Jacken, andere nur flippige Hemden, Männer in grauen Geschäftsanzügen warteten neben dunkelhäutigen Frauen in Saris, gebeugte Großmütter mit Stock neben Kaugummi kauenden Walkmanhörern.

Und überall standen Polizisten.

Ich wusste wieder, wo ich war. Ich warf Armand einen fragenden Blick zu, doch der hatte die Polizisten längst entdeckt. »Ganz unbefangen bleiben«, murmelte er. »Hat schon mal geklappt.«

Unser Zug endete in Stuttgart, das hieß, dass alle ausstiegen und wir uns mit dem Strom in Richtung Ausgang treiben lassen konnten, als ginge uns das alles nichts an. Armand brachte die Frechheit auf, mit mir fast unmittelbar neben zwei aufmerksam Ausschau haltenden Polizeibeamten vorbeizugehen, und es klappte: Die beiden Männer standen da in der Menschenflut, ignorierten die ihnen am nächsten befindlichen Leute und richteten ihre ganze Aufmerksamkeit auf Passanten, die weiter entfernt waren. Wahrscheinlich gingen sie davon aus, dass ein Flüchtender versuchen würde, der Polizei so weit wie möglich aus dem Weg zu gehen.

»Es hängt jetzt alles davon ab, wie viel Pierre aus meinen Gedanken erfahren hat, bevor ich ihn, äh, *ausschalten* konnte«, erklärte Armand halblaut, als wir die Posten passiert hatten. »Dass wir den Zug nach Stuttgart nehmen würden, habe ich in dem Moment selber noch nicht gewusst; das können sie also nur vermuten.«

»So schwer zu vermuten ist das aber nicht. Immerhin war das der nächste Zug, der ging«, erwiderte ich. Ich dachte mit Grauen zurück an diese Begegnung. »Und auf jeden Fall weiß Pierre, dass du jetzt blond bist; er hat dich schließlich gesehen.« Und mit plötzlich aufkeimender Hoffnung setzte ich hinzu: »Und mich auch. Mich hat er auch gesehen.«

»Hmm«, machte Armand vage.
Wir bahnten uns unseren Weg quer durch die riesenhafte Bahnhofshalle. Überall waren Leuchtreklamen, Hinweisschilder, Werbetafeln, Zeitschriftenkioske und Schnellimbissstände, ein sinnverwirrendes Durcheinander sich mit Gepäck in allen Formen und Farben abschleppender Menschen. Armand blieb vor einem Glaskasten stehen, in dem ein Fahrplan hing, und studierte die Abfahrtszeiten.
»Um neun Uhr zwanzig fährt ein Zug nach Dresden«, stellte er fest und warf einen Blick auf die riesige Uhr an der Stirnseite der Halle. »Das ist in einer halben Stunde. Den nehmen wir.«
»Wir?«, schnappte ich. »Wieso *wir?* Hast du nicht verstanden, was ich gesagt habe? Dein Pierre hat mich *gesehen!* Das heißt, er weiß, dass du nicht mehr allein unterwegs bist. Es bringt dir nichts mehr, mich mitzuschleppen. Ich nütze dir nichts mehr als Tarnung.«
»Ja, aber vielleicht als Geisel«, erwiderte Armand ungerührt und packte mich am Arm. »Komm, wir brauchen Fahrkarten.«
Mir schwindelte, als ich neben Armand herging, der sich zielstrebig den Weg zu den Fahrkartenschaltern bahnte. Nach Dresden wollte er mich verschleppen! Und dort mochte ihm einfallen, mit mir nach Prag weiterzufahren oder nach Warschau oder nach Wladiwostok oder sonst irgendein Ende der Welt.
Das würde ich auf keinen Fall mitmachen, sagte ich mir. Ich sah mich um. Wenn ich jemals eine Gelegen-

heit zur Flucht gehabt hatte, dann doch wohl hier und jetzt, oder? Ich brauchte mich bloß loszureißen und schreiend fortzulaufen ...

Das würde Armand ganz schön in Schwierigkeiten bringen. Und zu Recht, dachte ich wütend. Bringt er mich vielleicht nicht in Schwierigkeiten?

Aber ich brachte es irgendwie nicht über mich. Zwar wusste ich, dass das hier kein netter, kleiner Ausflug war, sondern unter Umständen eine Sache auf Leben und Tod ... Aber zugleich kam es mir wie völliger Quatsch vor, das zu denken. Irgendwie glaubte ich nicht, dass Armand mir wirklich etwas tun würde. Du meine Güte, er war so alt wie ich, ein eigenartiger Junge mit einer eigenartigen Fähigkeit, aber eben doch nur ein Junge. Er hätte mein Mitschüler sein können, oder jemand, den man im Schüleraustausch mit unserer französischen Partnerschule kennen lernte. Bis jetzt *war* es nichts weiter als ein Ausflug. Zwar nicht unbedingt wirklich nett, aber, zum Kuckuck, es fühlte sich nicht im Mindesten *gefährlich* an!

Durch einen großen Torbogen und an einem Blumengeschäft vorbei ging es hinunter in eine andere Halle zu den Fahrkartenschaltern. Ich musterte Armand von der Seite, während wir die Rolltreppe hinabfuhren. *Vielleicht als Geisel,* hatte er gesagt. Würde er im Stande sein, mir etwas anzutun? Ich horchte in mich hinein, aber da war keine Angst. Ich war geradezu abartig ruhig. Ich sah Armand an und musste Dinge denken wie, dass er zum Friseur gehen, ein einiger-

maßen modisches Hemd anziehen und vor allem diesen albernen Oberlippenflaum wegrasieren sollte. Dass er dann womöglich richtig gut aussehen würde.
Genau in dem Moment, in dem ich das dachte, drehte er sich zu mir um und hielt mir mit einer barschen, fordernden Geste die Hand hin: »Gib mir den Geldbeutel!«
Arsch, dachte ich. Ich wartete noch die drei Sekunden, bis wir von der Rolltreppe herunter und nicht mehr allen Leuten im Weg waren, wühlte dann den Geldbeutel aus der Tasche und pfefferte ihn ihm in die ausgestreckte Hand. Er öffnete ihn, blätterte die Geldscheine durch, die noch darin waren, und schien zufrieden zu sein mit seiner Beute. Dieser blöde Kerl! Ich hatte das Gefühl, mein Blut sieden zu spüren. Und was sollte eigentlich werden, wenn mein Geld aufgebraucht war, hatte er sich das schon einmal überlegt? Jede Wette, dass nicht.
Obwohl draußen im Bahnhof der Bär tanzte, war im Reisezentrum verblüffend wenig los. Ein Schalter war frei, der Angestellte dahinter, ein junger, fröhlich dreinblickender Mann mit einem walrossartigen Schnauzbart, schien geradezu auf uns gewartet zu haben.
»Guten Abend«, sagte Armand. »Wir wollen nach Dresden, heute Abend noch.«
Der Schnauzbart nickte und warf einen kurzen Blick auf den Fahrplan, den er neben sich hängen hatte. »Wenn Sie sich beeilen, geht ein Zug jetzt gleich um

einundzwanzig Uhr zwanzig von Gleis neun. Ansonsten um dreiundzwanzig Uhr acht von Gleis sechzehn.«
»Wie unterscheiden die sich?«, fragte Armand.
»Der späte kommt um dreiviertel zehn in Dresden an, der andere um kurz vor acht Uhr morgens«, erwiderte der Mann. »Ansonsten sind beides Nachtzüge, das heißt, Sie können auch Schlaf- oder Liegewagen buchen.«
Ich sah, wie Armand aufhorchte. Ich horchte auch auf. Das wurde ja immer schöner. Wenn der glaubte, dass ich mit ihm in ein Schlafwagenabteil . . . Ich trat ihn warnend vors Schienbein.
»Wie viel kostet das Zuschlag?«, fragte Armand unbeeindruckt. Ich funkelte ihn wütend an, aber er schien es nicht zu bemerken.
Der Mann hinter dem Schalter nannte ihm die diversen Zuschläge für Liegewagen mit sechs Sitzen und Schlafwagen mit drei, zwei oder einem Bett pro Abteil, klapperte währenddessen auf seinem Computer herum und meinte frohgemut: »In dem Zug jetzt gleich hätte ich gerade noch ein Schlafwagenabteil für zwei Personen frei.«
Das war zu viel. Ich beugte mich zu Armand hinüber und zischte ihm ins Ohr: »Wage es nicht, ein Schlafwagenabteil zu buchen! Ich werde zur Furie, das verspreche ich dir.«
Armand zuckte zurück, als hätte ich ihm das Ohr abgebissen. Er sah mich mit teetassengroßen Augen an,

ein Bild vollkommener Verwunderung. Ich erwiderte seinen Blick voller Ingrimm, drehte mich dann weg, verschränkte die Arme und sah einfach nicht mehr hin.

»Ähm«, sagte Armand zögernd zu dem Bahnangestellten, »danke, ich, ähm . . . Ich glaube, das übersteigt im Moment unsere finanziellen Möglichkeiten. Wir nehmen nur die Karten. Einfache Fahrt.«

»Es gibt in jedem Nachtzug auch ganz normale Abteilwagen«, meinte der Mann mit dem Schnauzbart beruhigend und ließ seinen Drucker losrattern. »Gute Fahrt«, wünschte er noch, nachdem er kassiert und Armand die Tickets hingeschoben hatte. Wir gingen. Genau wie vorhin beachteten uns die wachsamen Polizeibeamten überhaupt nicht, als wir mit gespielter Unbekümmertheit an ihnen vorbei auf den Bahnsteig neun schlenderten. Lauter »gute« Ideen schossen mir durch den Kopf wie zum Beispiel demonstrativ »unauffällig« vor mich hin zu pfeifen oder unmittelbar vor den Polizisten einen epileptischen Anfall vorzutäuschen . . . Alles Blödsinn. Auf eine merkwürdige Weise kamen mir diese Gedanken überhaupt nicht vor wie meine eigenen, eher so, als empfinge ich einen störenden Radiosender.

»Es wäre sowieso zu teuer gewesen«, sagte Armand beiläufig. »Das mit dem Schlafwagen, meine ich. Das Geld hat gerade für die normalen Fahrkarten gelangt.«

»Na großartig«, meinte ich sarkastisch. »Dann hat das

Geiseldrama also in Dresden wegen Geldmangels ein Ende.«
Über uns legte eine blecherne Lautsprecherstimme los. »Auf Gleis neun hat Einfahrt der Nachtzug NZ 41903 nach Dresden«, ließ sie sich vernehmen, »über Schorndorf, Schwäbisch Gmünd, Aalen, Ellwangen, Crailsheim, Ansbach, Nürnberg, Halle und Leipzig, fahrplanmäßige Abfahrt ist 21 Uhr 20. Die Wagen der ersten Klasse finden sich in den Abschnitten A und B. Bitte Vorsicht bei der Einfahrt.«
Der Zug war noch nicht zu sehen dort draußen in der Dunkelheit, wo sich Lichter, Lampen, Signale und Scheinwerfer in einem filigranen Netzwerk von Schienen und Stromleitungen spiegelten. Doch alle Leute starrten erwartungsvoll in die Richtung, aus der er kommen würde. Ich warf einen kurzen Blick zurück. Die beiden Polizisten, die dieses Gleis im Auge hatten, standen immer noch da, aber nun hatte der eine sein klobiges Funkgerät am Ohr und schien einer interessanten Durchsage zu lauschen. Ich sah wieder in die andere Richtung.
Jetzt war in der Ferne etwas zu sehen, das aussah wie eine Lokomotive.
»Achtung«, flüsterte Armand da. »Ganz ruhig bleiben jetzt.«
Ich sah ihn ganz harmlos an. »Wieso? Ich bin doch die Ruhe selbst.«
»Dann dreh dich mal ganz unauffällig um.«
Ich drehte mich um, alles andere als unauffällig, und

sah, dass die beiden Polizisten sich in Bewegung gesetzt hatten. Mehr noch, es sah ganz so aus, als kämen sie zielstrebig auf uns zu, die Hände griffbereit an ihren Revolvertaschen.

»Meinst du, die wollen zu uns?«, fragte ich.

»Ich hoffe nicht«, murmelte Armand. »Wenn nur der Zug schon da wäre!«

Nervtötend langsam kam er hereingerollt, zischend, fauchend, zuerst der Koloss von Lokomotive, weiß und rot lackiert und so gewaltig, dass der Boden zitterte beim Vorbeifahren. Dann die langen Wagen, und in jedem der erleuchteten Wagenfenster war für einen Augenblick eine Momentaufnahme der Menschen dahinter zu sehen, sitzend, im Aufstehen begriffen, Gepäck aus der Ablage holend. Mit kreischenden Bremsen wurde der Zug immer langsamer, während Schlafwagen, Speisewagen und Erste-Klasse-Abteile vorüberzogen. Und dann hörten wir plötzlich eine sonore, geschäftsmäßige Stimme neben uns.

»Guten Abend, Polizei.« Eine silberne Marke blitzte, der andere Beamte stand einige Schritte entfernt, die Hand immer noch am Revolver. »Dürfte ich Sie bitten, sich auszuweisen?«

»Meinen Sie uns?«, fragte Armand und es gelang ihm, seine Stimme so klingen zu lassen, als amüsiere ihn diese Idee köstlich.

»Jawohl, Sie und die junge Dame hier.«

Armand plusterte die Backen auf. »Hören Sie, muss

das sein? Sie sehen doch, dass unser Zug gleich abfährt und . . .«

»Es ist leider unbedingt erforderlich«, unterbrach der Mann mit leidenschaftsloser Stimme. Für ihn war es seine tägliche Arbeit, und wir waren die Leute Nummer tausend, mit denen er heute eine derartige Diskussion führte. »Ihren Personalausweis bitte.«

»Ich habe meinen Ausweis nicht dabei«, brummte Armand.

»Sie sind vom sechzehnten Lebensjahr an verpflichtet, sich jederzeit ausweisen zu können. Das wissen Sie doch, oder?«, belehrte er uns. »Haben Sie sonst etwas, Führerschein, Reisepass?«

»Nein, nichts.«

»Dann muss ich Sie bitten, mitzukommen zur Feststellung Ihrer Personalien«, ordnete der Beamte an. »Und Sie auch, bitte«, sagte er an mich gewandt.

»He«, begehrte Armand trotzig auf. »Und unser Zug?«

»Es fahren weitere Züge.«

»Ich? Wieso? Ich kann mich ausweisen!«, rief ich und wollte anfangen, meinen Personalausweis aus der Tasche zu nesteln. Irgendwo ganz unten musste er sein.

»Danke, ich muss Sie trotzdem bitten, beide mit uns zu kommen«, wehrte der Mann ab. Er machte etwas, das er vermutlich für eine einladende Handbewegung hielt.

»Ich gehe nicht«, rief Armand. »Ich lasse mir das nicht gefallen! Das ist Willkür! Polizeiterror!«

»In dem Fall muss ich Sie vorläufig festnehmen, mein Herr«, entgegnete der Beamte ungerührt, leicht verärgert über den widerspenstigen jungen Schnösel. »Bitte, erregen Sie kein Aufsehen und kommen Sie mit.«

Aufsehen hatten wir längst erregt. Die Abteilfenster in unserer Nähe waren geöffnet, Köpfe ragten heraus, Augen glotzten neugierig, Leute blieben stehen und verfolgten, was vor sich ging. Wir setzten uns in Bewegung, Armand sichtlich widerwillig, ich von einer merkwürdigen Gefühlsmischung aus Erleichterung, Enttäuschung und Scham erfüllt. Der eine Beamte ging vor uns, beschäftigt damit, die Leute zum Weitergehen anzuhalten, der andere hinter uns, wahrscheinlich immer noch schießbereit. Ich kam mir vor wie eine Verbrecherin, eine Kindsmörderin, als wir da so zwischen den beiden Polizisten gingen, von allen angestarrt wie Missgeburten. Auf einmal verstand ich, warum manche Leute auf dem Weg in den Gerichtssaal ihr Gesicht verdeckten.

Armand hatte ein undurchdringliches Gesicht aufgesetzt. Es war mir rätselhaft, wieso er nichts unternahm.

Es ging von der Mitte des Bahnsteigs hinab in eine Unterführung, die mir bis jetzt überhaupt noch nicht aufgefallen war. Über dem unteren Ende der schmalen Treppe hingen zwei Wegweiser, einer nach rechts mit der Aufschrift »Gleis 1 bis 8, S-Bahn«, der andere nach links mit der Aufschrift »Gleis 11 bis 16«, und in diese Richtung wurden wir gelotst. Das kalte Licht müder Leuchtstoffröhren fiel auf einen kahlen Betonboden und auf Wände, die mit olivgrünen Metallplatten verkleidet waren. Kaum jemand war hier unten unterwegs. Ganz vorne, am Ende des Ganges, erspähte ich eine große Milchglastüre. Sie sah sehr danach aus, als befänden sich dahinter die Diensträume des Bahnhofs, in die man uns vermutlich zu bringen gedachte.

Der Beamte vor uns löste sein Funkgerät vom Koppelgürtel und begann, einige der Knöpfe daran zu drehen, während wir so den Gang entlanggingen. Vermutlich wollte er unsere Festnahme melden.

Doch dazu kam er nicht mehr.

Mit einem plötzlichen Aufstöhnen griff er sich an den Kopf, geriet ins Taumeln und im nächsten Moment brach er zusammen wie ein einstürzender Dosenstapel im Supermarkt. Das Funkgerät schlitterte klappernd davon.

»Erwin!«, rief der Beamte hinter uns. »Was ist los?«

Ich fuhr herum, gerade rechtzeitig, um zu sehen, wie auch er hilflos in sich zusammensank.

»Los!«, befahl Armand. »Renn!«

Er packte mich am Handgelenk und wir rannten los, in die Richtung, aus der wir gerade gekommen waren, und weiter den Gang entlang, vorbei an wie erstarrt stehenden Leuten mit dicken Koffern. Hinter uns hob Geschrei an, umso lauter, je länger wir rannten – und der Gang schien endlos zu sein, schien immer länger zu werden –, Rufe wie »Hilfe!«, »Polizei!«, »Einen Arzt! Einen Arzt!« und natürlich: »Haltet sie! Aufhalten, die beiden!«.

Dieser Ruf verhallte nicht ungehört. Ein Schrank von einem Mann, groß, breit, mit bärbeißigem Gesicht und über der behaarten Brust geöffnetem Hemd, ließ seine Koffer fallen und stellte sich uns mit ausgebreiteten Armen in den Weg. Nach normalen Maßstäben hätte er uns fassen und festhalten können wie nichts – aber Armand war alles andere als normal. Er rannte weiter, seine Hand eisern um mein Gelenk gekrallt, preschte auf den Hünen zu, als sei da überhaupt niemand, als sei diese Gestalt nur eine Fata Morgana. Und tatsächlich, als wir auf fünf Meter heran waren und der Mann schon auf uns zuging wie ein Torwart auf einen rollenden Ball, da schrie er plötzlich auf, klappte mit schmerzverzerrtem Gesicht zusammen und wurde beiseite geschleudert, als sei ihm ein unsichtbares Auto in den Bauch gefahren. Telekinese – aber der Mann würde sich sein Leben lang fragen, was zum Teufel damals in dem Gang zur S-Bahn mit ihm passiert war.

Armand rannte an seinem Opfer vorbei, und ich mit ihm. Der Gang erweiterte sich. Rechts eine Reihe von Automaten und einen unübersehbar so beschilderten »Zugang zur Tiefgarage«, links eine breite, leicht abfallende Passage. Dahinein, weiter. Frauen schrien, Kinder kreischten, Ehepaare glotzten, und noch zwei Männer, die sich Armand in den Weg stellten, wurden einfach überwalzt. Noch einmal ein größerer Raum, von oben Rolltreppen, zur Rechten Fahrkartenautomaten und frei hängende Telefonapparate, und über einer Treppe, die noch tiefer hinabführte, stand »Zur S-Bahn«.

Armand legte ein Tempo vor, bei dem ich mir fast die Lunge aus dem Hals spuckte, und ich bin eigentlich nicht schlecht in Sport. Immer wieder stolperte ich um ein Haar, doch auf geheimnisvolle Weise kam ich jedes Mal glücklich wieder auf die Beine. Wir hetzten die Treppe zur S-Bahn hinunter, während allmählich die »Haltet sie!«-Rufe hinter uns aufhörten, und irgendwo auf den Stufen verwandelten wir uns in irgendwelche Jugendliche, die es sich in den Kopf gesetzt hatten, eine bestimmte S-Bahn noch zu erwischen. Armand ließ meinen Arm los. Die Leute vor uns traten höflich beiseite, sobald sie uns bemerkten, und niemand schien es ungewöhnlich zu finden, dass wir rannten wie verrückt.

Und tatsächlich, da stand ein S-Bahn-Zug auf dem Gleis rechts von uns, auf halber Länge des unglaublich langen S-Bahn-Tunnels und damit noch in gehöriger Entfernung. Leute stiegen ein und aus, und wir stürmten, was das Zeug hielt.

»Bitte zurückbleiben!«, flötete eine helle Frauenstimme aus den Lautsprechern, aber da hatten wir den letzten Wagen schon erreicht und konnten uns durch die offen stehende Schiebetüre ins Innere werfen, ehe sie zischend zufuhr.

»Na, gerade noch geschafft, was?«, nickte uns ein älterer Mann lächelnd zu, als die S-Bahn anfuhr.
Wir konnten nur nicken, denn unsere Lungen arbeiteten noch wie Blasebälge, und ich spürte mein Herz schmerzhaft im Hals schlagen. Schweiß rann mir aus allen Poren. Es waren jede Menge Sitzplätze frei, und ich ließ mich auf den nächstbesten fallen, keuchend und ausgepumpt wie nur was.
Draußen rasten die grauen Betonwände des U-Bahn-Stollens vorbei, und mir wurde klar, dass ich gerade die beste Chance, Armand zu entkommen, verpasst hatte. Mehr noch, ich Idiotin hatte mich regelrecht verausgabt dafür, ihm *nicht* zu entkommen! Okay, es war mir so vorgekommen, als hätte er am Schluss darauf geachtet, hinter mir zu rennen, und vielleicht hätte er mir im entscheidenden Moment einen Stoß gegeben oder sich wieder mein Handgelenk gekrallt – trotzdem, es wäre machbar gewesen, ihn in die S-Bahn springen zu lassen und selber draußen zu bleiben. Dann hätte er mit seiner famosen Telekinese schon den Zug anhalten müssen, ansonsten hätten sich unsere Wege endgültig getrennt.
Aber irgendwie . . . irgendwie hatte ich das nicht *gewollt*. Und jetzt fragte ich mich, wieso. Beeinflusste Armand womöglich meinen Willen, auf irgendeine Weise, die ähnlich unbegreifbar war wie seine telekinetischen Kräfte?
Ich sah ihn an, wie er da gegen die Haltestange gelehnt stand, immer noch schwer atmend, und vor sich

hin starrte. In diesem Augenblick sah er sehr einsam und verletzlich aus, abgekämpft, verloren, am Ende seiner Kräfte. Uralt.

Kapitel 7 | Die S-Bahn erreichte die nächste Station. Ich beugte mich vor, um aus dem Fenster zu sehen. Die Halle war ganz in Grün gehalten, Boden, Wände, Tragesäulen, und ein großes Schild verkündete: STADTMITTE. Armand machte noch keine Anstalten, auszusteigen, also blieb ich auch sitzen. Leute stiegen ein und aus, draußen war wieder dieselbe Frauenstimme zu hören, die »Zurückbleiben bitte!« sagte, die Türen schlossen und der Zug beschleunigte wieder.

Die nächste unterirdische Haltestelle wirkte vornehm und düster; die vorherrschende Farbe war Dunkelblau. Armand nickte mir nervös zu. Ich stand auf, schulterte meine Umhängetasche und stellte mich neben ihn an die Tür.

»Nächster Halt: Feuersee«, erklärte ein Lautsprecher über uns. Was um alles in der Welt mochte ein »Feuersee« sein? Der Zug hielt und zusammen mit ein paar anderen Leuten stiegen wir aus. Ich sah mich um. Keine Verfolger weit und breit. Als hätten wir nicht das Geringste zu befürchten, spazierten wir auf den Ausgang zu.

Eine breite Rolltreppe brachte uns hinauf an die Erdoberfläche. Kühle Nachtluft umfing uns, der Geruch von Abgasen und das Geräusch des Straßenverkehrs. Wir standen am Rand einer breiten Straße, die von hohen, glatten, marmorverkleideten Geschäftshäusern gesäumt wurde. Auf der anderen Straßenseite, in einiger Entfernung, sah ich eine Kirche, der die Spitze fehlte und die, von Scheinwerfern angestrahlt, auf einer Insel in einem kleinen See stand. Das musste er wohl sein, der ominöse Feuersee.

»Was hast du mit den beiden Polizisten gemacht?«, fragte ich Armand, als niemand mehr in unserer Nähe war.

»Dasselbe wie mit Pierre«, erklärte er sachlich. »Ich habe ihnen telekinetisch die Halsschlagadern zugepresst. Dadurch wird das Gehirn nicht mehr mit frischem Blut versorgt und der Betreffende wird ohnmächtig.«

»Und dann? Was passiert mit ihnen?« Mich gruselte.

»Nichts weiter. Du hast es ja gesehen. Es ist eine ganz gewöhnliche Ohnmacht – man wird bewusstlos, fällt um und bleibt liegen, bis man nach ein paar Minuten wieder zu sich kommt.«

»Das klingt, als hättest du das schon oft gemacht.«

Armand nickte. »Inzwischen kann ich es fast im Schlaf. Ich hätte überhaupt nicht fliehen können, wenn ich nicht auf diesen Trick gekommen wäre, oder ich hätte meinen Fluchtweg mit Leichen pflastern müssen.«

»Kann es nicht vorkommen, dass du mal zu fest zudrückst?«, fragte ich.

Ich erschrak fast von der Art, wie er mir mit einem heftigen Ruck das Gesicht zuwandte, ein Gesicht, in dessen Ausdruck sich Erstaunen und Entsetzen mischten. Er sah mich eigenartig an, sagte aber nichts, sondern sah wieder geradeaus.

Auf einmal hatte ich das seltsame Gefühl, dass es ihn in Wirklichkeit überhaupt nicht gab und dass ich das alles nur träumte. Und ich wusste aus Erfahrung, dass es, wenn man in einem Traum anfängt zu merken, dass man nur träumt, es nicht mehr lange dauerte, bis man erwachte.

»Was hast du jetzt vor?«, fragte ich mit einer Ruhe, die mich amüsierte.

Armand befühlte den Rand seiner Perücke. »Ich weiß es noch nicht«, gab er zu. »Ich fange gerade an, darüber nachzudenken.«

»Gut, verrat mir nichts«, sagte ich und hob abwehrend die Hände. »Ich schätze, du wirst sowieso ohne mich weitermachen müssen.« Weil ich nämlich gleich aufwachen und mich in meinem Bett wieder finden und heilfroh sein werde, dass alles nur ein Traum war, während du dorthin gehst, wohin Traumgestalten eben gehen, wenn der Träumer erwacht. Wo immer das sein mag.

»Wieso das denn?«

»Na, sie wissen jetzt, dass du hier bist, sie wissen, dass du in Begleitung bist«, zählte ich keck auf. »Mit anderen Worten, ich bin dir nur noch ein Klotz am Bein.«

Er betrachtete mich nachdenklich. »Und was willst du machen?«
Ich zuckte mit den Schultern. »Wieder nach Hause fahren, was denn sonst?«, erwiderte ich. »Und falls du die Perücke behalten willst, würde ich mir unterwegs eine Ausrede für meine Mutter ausdenken.«
Armand überlegte eine Weile, dann schüttelte er den Kopf. »Nein.«
»Nein?« Ich furchte die Stirn. »Was heißt Nein?« Konnte es sein, dass das alles doch kein Traum war?
»Dass ich dich noch nicht gehen lassen will.«
»Na toll. Und wohin willst du mich verschleppen? Nach Südamerika? Australien? Wie wär's mit einer Südseeinsel? Du hast doch wohl 'nen Knall!«
Er antwortete nicht, schien nachzudenken. Ein dürrer Junge kam gemächlich auf einem Skateboard vorbeigerollt, reglos darauf stehend wie eine Statue. Ein Hauch eines herben Parfüms kam von ihm herübergeweht. Mein Verdacht, dass alles womöglich doch die Wirklichkeit war und ich das hier tatsächlich erlebte, erhärtete sich zusehends. Mir wurde wieder mulmig. Telekinese, um Himmels willen. Kein Mensch würde mir auch nur ein Wort glauben, das stand mal fest.
»Komm«, sagte Armand schließlich und setzte sich in Bewegung.
Ich folgte ihm, innerlich konfus, wütend auf ihn und auf mich und auf die ganze Welt, eisern und beleidigt zu jeder Bemerkung schweigend, die er machte, wäh-

rend wir durch die Straßen gingen. Schließlich ließ er es bleiben, welche zu machen, und so wanderten wir, uns gegenseitig anschweigend, durch die hohen, schmalen Straßen und Gassen, die voller geparkter Autos standen, ansonsten aber verlassen dalagen. Die trübe Beleuchtung ließ eingezäunte Abstellplätze, abbruchreife Häuser und düstere Höfe zu einer unheimlichen Kulisse verschmelzen.

Armand interessierte sich auf einmal für Wirtshäuser. Er spähte durch schmierige Fensterscheiben in die übelsten Spelunken, öffnete hier und da gar die Eingangstür, um sich kurz dahinter umzusehen, ehe er sie wieder schloss.

»Ich denke, wir haben kein Geld mehr?«, rief ich irgendwann in Erinnerung.

»So ist es«, nickte Armand und setzte seinen Marsch unbeeindruckt fort.

Ich wunderte mich, ja, aber ich würde nicht nachfragen. Nein. Wenn er eine Inspektionsrunde durch die Gasthäuser Stuttgarts machen wollte, von mir aus.

Schließlich schien er gefunden zu haben, was er suchte. Er bedeutete mir ihm zu folgen und wir betraten einen kleinen Garderobenvorraum. Hinter einer Glastüre waren laute Gespräche, Gläserklirren und das Dröhnen einer Musikbox zu hören, eine andere Tür ging zu den Toiletten ab, und an einer freien Wand hing der Gegenstand, für den Armand sich interessierte: ein Spielautomat.

Ich begriff überhaupt nichts mehr. Armand blickte

den bunten Kasten aus Glas und Metall mit starren, fasziniert glänzenden Augen an, las die Spielanleitung durch, fuhr behutsam mit den Fingern über Schalter und Leuchtanzeigen und zog schließlich den Geldbeutel – *meinen* Geldbeutel – hervor und fischte eine Münze heraus. Was hatte das zu bedeuten? Waren Spielautomaten Armands heimliches Laster? War er der Spielsucht verfallen, derart, dass er sogar seine Flucht unterbrach?

Er schien wahrhaftig alles um sich herum zu vergessen, als er die Münze einwarf und die bunten Walzen sich wild zu drehen begannen. Ab und zu drückte er die Stoptasten, Walzen hielten an, zeigten Ziffern, Spielkartensymbole, farbige Bildchen. Und dann hielten sie schließlich alle drei an, alle drei mit demselben Symbol: ein Glückskleeblatt.

Ich zuckte zusammen, als in dem Automaten eine Glocke ertönte, und Armand auch. Dann rasselten Münzen in den Ausgabeschacht und ich begriff: Hauptgewinn! Armand schaufelte das Geld mit raschen, zielstrebigen Bewegungen in seine Jackentaschen. Währenddessen setzten sich die Walzen schon wieder in Bewegung.

Erneut kam ein Hauptgewinn, aber diesmal ertönte die Glocke nicht. Mir dämmerte allmählich, dass Armand überhaupt nicht spielte. Er beherrschte das Innere des Spielautomaten telekinetisch, zwang die Maschine, einen Gewinn nach dem anderen auszuschütten.

Wahrscheinlich war es nicht leicht, deshalb musste er sich derartig konzentrieren.
Er gewann noch ein paar Mal, dann schien er plötzlich genug zu haben, wandte sich ab, zog die Tür auf und ließ mich vor sich her auf die Straße treten.
»Das war großartig!«, brach ich voller Bewunderung unser Schweigen. »Warum hast du nicht weitergemacht?«
»Der Automat war so gut wie leer«, erwiderte Armand ruhig.
»Leer?«, fragte ich verblüfft. »Woher weißt du das?«
»Ich kann Gegenstände, die ich nicht sehe, telekinetisch abtasten. Fast so, als hätte ich sie in der Hand.«
Ich seufzte. »Ach so. Hätte ich mir ja denken können.«
»Man gewinnt bloß so wenig an diesen Automaten«, fuhr Armand missmutig fort. »Und nur Münzen. Ich könnte heute Nacht die Automaten von ganz Stuttgart leeren, aber dann hätte ich einen Schubkarren voller Metall. Damit kann man praktisch nichts anfangen. Ich müsste Roulette spielen – dabei zu gewinnen wäre auch nicht so schwer wie an diesen komplizierten Geräten.«
»Na, dann suchen wir doch am besten nach einem Spielcasino«, schlug ich vor. »Dann bist du morgen früh Multimillionär, kannst dir ein Flugzeug chartern und fliegen, wohin du willst.«
Armand grinste schief. »Ich fürchte, das ist nicht so einfach, wie es klingt.«
»Schön, aber was willst du dann machen? Wir können

doch nicht die ganze Nacht ziellos durch die Stadt laufen.«

»Hmm. Wir haben noch zwei Karten nach Dresden, nicht wahr?«

»Nach Dresden!«, ächzte ich. Ich hatte gehofft, er würde diesen Plan aufgegeben haben. »Was willst du denn dort, um Himmels willen?«

»Dresden ist gut. Weit weg. Dicht an der Grenze zu Polen und Tschechien. Von da hat man jede Menge Möglichkeiten.«

Ich schüttelte den Kopf. »Das kannst du vergessen. Nach dem, was du da abgeliefert hast, bewachen die jetzt den Hauptbahnhof garantiert so gut wie die Bank von England.«

»Kann sein«, nickte Armand. »Aber ehe ich die Karten wegwerfe, würde ich das gern erst mit eigenen Augen sehen.« Er setzte sich in Bewegung.

»Was heißt das? Wohin willst du?«

»Zurück zum Hauptbahnhof. Komm!«

Er war verrückt. Er rannte in sein Verderben. Aber von mir aus – es war schließlich seine Flucht, nicht meine. Mir konnte das gleichgültig sein. Hauptsache, dieses gespenstische Abenteuer fand endlich ein Ende. Inzwischen war mir fast egal, auf welche Weise.

Kapitel 8 | »Na bitte«, triumphierte ich. »Polizei, wohin das Auge reicht. Völlig aussichtslos, da hineinkommen zu wollen.«

Wir hatten den Hauptbahnhof in weiter Entfernung umrundet, sorgsam darauf bedacht, keinen Argwohn zu erregen. Dabei hatte ich den Bahnhof erstmals von außen zu Gesicht bekommen. Es war ein großes, klotziges Gebäude, aus wuchtigen Steinquadern erbaut wie eine lang gestreckte Trutzburg. Auf dem Dach des zugehörigen Turms drehte sich langsam ein neonblau leuchtender Mercedesstern, und vor dem Bau raste auf mehreren Spuren der Verkehr. Wir hatten nach und nach alle Eingänge zum Bahnhof erkundet, von denen es eine ganze Menge gab, eine Reihe davon unter der Erde, wo sich eine ausgedehnte Fußgängerzone erstreckte. Die kleineren Zugänge wurden von schweren Stahlplatten versperrt, hastig gekritzelte Schilder wiesen den Weg zum nächsten benutzbaren Eingang. Dort wiederum standen wenigstens zehn Polizisten, vermummt und gepanzert, mit martialischen Sprechfunkeinrichtungen auf dem Kopf, den Bügel mit dem Mikrofon direkt vor dem Mund, und es sah aus, als müsse jeder von ihnen alle Augenblicke Meldung machen, dass er noch wohlauf war.

Und jeder Jugendliche wurde angehalten, sein Ausweis kontrolliert.

»Warum sind das so viele?«, überlegte ich laut. »Denken sie, wenn sie genug Polizisten hinstellen, kannst du sie nicht alle auf einmal ausschalten?«

Armand nickte. »Allerdings bezweifle ich, dass man den Männern das gesagt hat.«

»Aber die müssen sich doch trotzdem wundern. So ein Aufmarsch wegen eines einzigen Jungen – ist da nicht das Risiko groß, dass jemand zu viele Fragen stellt? Dass auf diese Weise etwas durchsickert?«

»Die Leute vom Institut riskieren es, weil sie Angst haben, dass mich jemand vor ihnen findet.«

»Wer denn?«, fragte ich erstaunt.

Armand zupfte an seiner Perücke. »Im Institut herrscht ständig Angst, dass einer der parapsychisch Begabten entführt wird. Wahrscheinlich sogar zu Recht; soweit ich das mitgekriegt habe, scheint es üblich zu sein, dass ein Land dem anderen die PSI-Leute stiehlt. Einer der Pfleger hat mir einmal erzählt, dass ihre Organisation einen anderen Telekineten aufgespürt hätte, in Südafrika, aber ehe sie ihn von dort entführen konnten, hat ein anderer Geheimdienst ihn ihnen vor der Nase weggeschnappt.«

»Also haben sie Angst, dass du zu einer anderen Macht überlaufen könntest?«

»Darauf kannst du wetten, dass sie diese Angst haben«, nickte Armand grimmig. »Obwohl die absolut unbegründet ist. Keine Macht der Welt bringt mich mehr lebendig in ein Forschungsinstitut.« Er schwieg, kaute auf seiner Unterlippe, betrachtete die gepanzerten Polizisten vor ihrer stählernen Barriere und meinte schließlich: »*Eh bien*, ich schätze, wir müssen uns etwas anderes ausdenken.«

Ich musterte ihn von der Seite.

Wir? *Wir* mussten gar nichts. Ich zweifelte nicht daran, dass es zahllose Möglichkeiten gab, Stuttgart zu verlassen. Wichtig für mich war bloß, dass alle noch verbliebenen Wege lediglich aus der Stadt heraus in ihre Nachbarschaft führen würden, nicht auf eine fünfhundert Kilometer weite Reise.

Armand steuerte auf einen gläsernen Schaukasten zu, in dem Fahrpläne und Landkarten von Stuttgart und Umgebung aushingen. Während er die Pläne studierte, verlustierte ich mich eine Weile vor den Schaufenstern daneben, betrachtete sündhaft teure, sagenhaft unbequem aussehende Kleider, bunte Porzellanfiguren und kostbares Kristallgeschirr. Seltsam, das alles schien einer ganz anderen, fremdartigen Welt anzugehören.

Ich wartete immer darauf, dass von irgendwoher Polizisten auf uns zugestürmt kamen. Ich fand es merkwürdig, dass der Bahnhof so massiv bewacht wurde und die Gegend darum herum fast überhaupt nicht. Also, selbst ich hätte das besser gemacht, sagte ich mir. Ich war regelrecht verärgert.

»Ich weiß, was wir machen«, verkündete Armand plötzlich.

Ich sah ihn an. Sein triumphierendes Grinsen verhieß nichts, was mir gefallen würde. »Ach ja? Und was? Willst du ein Flugzeug entführen? Einen Reisebus?«
Er tippte auf die Glasscheibe über einem schematischen Verkehrslinienplan. »Da. Schorndorf. Dort hält der Nachtzug nach Dresden das erste Mal. Aber der Witz ist, man kann auch mit der S-Bahn nach Schorndorf fahren. Wir brauchen überhaupt nicht in den Hauptbahnhof hineinzukommen. Wir fahren einfach nach Schorndorf und steigen dort zu.« Er wandte sich zum Gehen. »Komm!«
Die gemütlich promenierenden Passanten würdigten uns kaum eines Blickes. An einem knallorangen Automaten löste Armand Fahrkarten für uns, dann fuhren wir mit den Rolltreppen hinab zu den S-Bahnen. Doch dort stimmte irgendwas nicht. Die schmalen unterirdischen Bahnsteige waren von einer Unmenge Menschen bevölkert, die alle aufgebracht durcheinander redeten und äußerst ungehalten wirkten.
»Was ist denn hier los?«, murmelte Armand beunruhigt.
Gleich darauf verkündeten Lautsprecher, was los war. »Achtung, hier ist die Betriebsleitstelle«, rief die Stimme eines nervös klingenden Mannes. »Ich wiederhole die Durchsage: Aus technischen Gründen muss der stadtauswärts führende S-Bahn-Verkehr eingestellt werden. Bis auf weiteres verkehren S-Bahnen nur zwischen Hauptbahnhof und Schwabstraße. Reisende ins Stuttgarter Umland und zum Flughafen

begeben sich bitte zu den Bushaltestellen. Es wird gerade ein Schienenersatzverkehr mit Bussen organisiert. Ich wiederhole, bis auf weiteres verkehren S-Bahnen nur zwischen dem Hauptbahnhof und der Haltestelle Schwabstraße.«

Ich musste unwillkürlich grinsen. Jede Wette, dass der angebliche *technische Grund* neben mir stand. »Wird doch nichts mit Dresden«, rief ich ihm durch das Stimmengewirr zu. »Da war jemand schlauer als du!«

Armand nickte finster. »*On verra*«, hörte ich ihn knurren. Dann nahm er meine Hand und bahnte uns einen Weg zwischen murrenden und schimpfenden Leuten hindurch zum nächsten Schaukasten mit Fahrplänen. Dort studierte er finsteren Blicks noch einmal die Pläne und Karten, spähte immer wieder prüfend auf eine der Uhren, die entlang des Bahnsteigs hingen, und brabbelte in unverständlichem Französisch vor sich hin. Ich gab es auf, erraten zu wollen, was er sich überlegte, und vertrieb mir die Zeit damit, den Stadtplan von Stuttgart zu studieren und die Bedeutung der verschiedenen Symbole zu enträtseln.

»Ich hab's«, sagte er plötzlich, wandte sich ab und deutete auf die stadteinwärts fahrende S-Bahn, die gerade einfuhr. »Los, die nehmen wir. Wir dürfen keine Zeit mehr verlieren.«

»Darf man erfahren, wohin es geht?«, fragte ich spitz.

»Dresden, nach wie vor.«

»Und wie willst du das anstellen?«

»Erkläre ich dir später. Komm.«

Wir drängelten uns in einen der Wagen, standen eingekeilt zwischen missgelaunten Menschen, hörten die Durchsage von vorhin noch ein paar Mal und bekamen an jeder Station Aktentaschen gegen die Schenkel oder ins Kreuz gedrückt – aber wir kamen unbehelligt zur Endstation, einer in giftigem Gelb gehaltenen Halle. Auf den Schildern stand »Schwabstraße«. Niemand beachtete uns, als wir zusammen mit all den anderen ausstiegen. Wir traten gerade von der Rolltreppe oben auf die Straße, als ein Polizeiauto dicht an uns vorbeifuhr, ohne uns zur Kenntnis zu nehmen.

»Ich glaube, du brauchst dir keine Sorgen zu machen«, meinte ich misslaunig, während ich dem grünweißen Mercedes nachsah. So viel zum Thema Großaufgebot der Polizei.

»Mache ich mir auch nicht«, erwiderte Armand, der die Schilder mit den Straßennamen las und anscheinend versuchte sich zu orientieren. »*Noch* nicht jedenfalls.«

»Wieso das denn? Ach, lass mich raten. Pierre.«

»Pierre, ganz genau. Wir müssen in diese Richtung«, bestimmte Armand und wies auf eine mehrspurige, unerbittlich aufwärts führende Straße. »In einer so großen Stadt eine einzelne Person zu finden ist mit normalen Mitteln unmöglich. Sie haben nur eine Chance, wenn sie Pierre zu Hilfe holen. Und ich habe nur eine Chance, wenn es mir gelingt, so schnell wie möglich zu verschwinden.«

»Nichts gegen deinen Freund Pierre, aber hier in Stuttgart leben hunderttausende von Menschen, die alle kreuz und quer durcheinander denken«, wandte ich ein. »Ich kann mir nicht vorstellen, wie er dich heraushören will aus dem Gewimmel.«

Ein flüchtiges Grinsen glitt über Armands Gesicht. »Oh, so funktioniert das nicht. Telepathie, das ist kein Radio, weißt du?«

»Entschuldige, dass ich so wenig Erfahrungen mit Gedankenlesen habe.« Von einer Dönerbude wehten erbarmungslos leckere Düfte herüber. Ich hatte Hunger, merkte ich. Kein Wunder, dass meine Laune allmählich nicht mehr die beste war.

Falls Armand etwas davon mitbekam, ließ er es sich jedenfalls nicht anmerken. »Aber du hast Recht, das ist eine faszinierende Vorstellung. Sie bringen Pierre nach Stuttgart und er wird bei der Suche nach uns wahnsinnig. Dann wären wir ihn los.« Er gluckste belustigt. Schien wahrhaftig nicht die große Liebe zu sein zwischen den beiden. »Zumal er uns ja nicht finden wird, weil wir nicht mehr da sein werden.«

Die Straße machte eine scharfe Biegung nach rechts. Hohe Ziegelhäuser, Lichter hinter bunten Vorhängen, ein Häuserblock in maurisch angehauchtem Stil, eine Baustelle am Straßenrand, geparkte Autos, fahrende Autos, Ampeln, Straßenlaternen – die Eindrücke verschwammen vor meinen Augen. Ich wurde langsam müde. Ich sah auf die Uhr: Kurz nach zehn. Eine Zeit, zu der ich gewöhnlich auch dann schläfrig werde,

wenn ich den ganzen Abend nur faul zu Hause herumgesessen bin.
»Du hast ein Ziel, oder?«, maulte ich. »Du gehst nicht so aufs Geratewohl irgendwo hin?«
»Nein«, schüttelte Armand den Kopf. »Ich gehe nicht aufs Geratewohl irgendwo hin.«
»Sonst hätte ich nämlich dafür plädiert, in eine Richtung zu marschieren, in der es abwärts geht.«
»Für die Beschaffenheit der Stadt kann ich nichts«, erwiderte Armand. Er deutete auf die gegenüberliegende Straßenseite. »Da!«, sagte er. »Gehen wir dort hinüber. Das ist günstig.«
Ich registrierte mit Unbehagen, dass er auf eine gruselig wirkende kleine Parkanlage voller unheimlicher, finsterer Winkel und Schatten zwischen Büschen und Bäumen zeigte. »Günstig? Wovon redest du?«, krächzte ich.
Doch da war Armand schon halb auf der Straße und mich zog er hinter sich her. Mir wurde reichlich anders, als wir uns da durch Gestrüpp und Gesträuch zwängten, ich auf ich weiß nicht was trat und wir schließlich irgendwo im Halbdunkel anhielten, an einem sichtgeschützten Platz, an dem man die Hand nicht mehr vor Augen sah. Ich sagte mir, dass Armand sicher nicht vorhatte, mich nun zu erwürgen oder sonst irgendetwas Übles mit mir anzustellen, aber der Ort und die Umstände verursachten mir trotzdem Gänsehaut.
»Was soll das?«, zischte ich nervös.

»Hier sieht uns keiner, hoffe ich«, sagte Armand und zog sich die Lockenperücke vom Kopf.

»Aber vielleicht hat uns ja jemand hier hereinkriechen sehen?«

»Na, und wennschon«, meinte er ungerührt. »Er wird an das Naheliegendste denken, oder?« Er reichte mir das Haarteil. »Setz du jetzt die Perücke auf. Dann tauschen wir die Jacken.« Er begann, seine auszuziehen.

»Bitte? Wozu das denn jetzt?«, protestierte ich. »Außerdem bin ich von Natur aus blond, danke. Ich brauche keine Perücke.«

Armand seufzte wie ein leidgeprüfter Lehrer, dessen Schüler nichts kapiert hat. »Überleg doch mal. Die Polizisten, die uns am Bahnhof festgenommen haben, müssen eine Personenbeschreibung von uns gehabt haben, oder? Übers Funkgerät kommt eine Durchsage, und im nächsten Moment steuern sie genau auf uns zu – vorbei an mindestens drei jungen, schwarzhaarigen Typen, die die beiden Polizisten bei euch im Bahnhof unter Garantie aufgehalten hätten. Das ist doch kein Zufall.«

Ich ließ die Ereignisse des Abends noch einmal vor dem inneren Auge Revue passieren und musste ihm Recht geben. »Das heißt, dass Pierre uns gesehen hat und beschreiben konnte.«

»Sieht ganz so aus«, nickte Armand. »Obwohl ich gewettet hätte, dass er dazu unmöglich Zeit gehabt haben kann . . . Na ja, wie auch immer. Jedenfalls, man sucht nach einem Jungen mit hellen Locken und einem Mädchen mit glattem blondem Haar. Deswegen wirst du ab jetzt blonde Locken haben und ich eben wieder glattes und schwarzes Haar . . .«

»Deinen grausam gestutzten Schopf, meinst du.«

»Wir haben nichts anderes. Darum auch der Jackentausch. Du hast nicht zufällig deine Schminksachen dabei?«

Ich sah ihn mit großen Augen an. »Glaubst du, ich habe nichts Wichtigeres auf eine Entführung mitzunehmen als Schminksachen?«

»War ja nur eine Frage. Deine Jacke, bitte.«

Wir tauschten die Jacken und ich setzte die Perücke auf, so gut das in dunkler Nacht und ohne Spiegel ging. Offen gestanden nicht gut. Ich hatte keine Möglichkeit, mein Haar hochzustecken, sondern musste es auf gut Glück unter den Rand der Perücke stopfen. Ich schätze, ich habe grauenhaft ausgesehen; wie jemand mit Geschwülsten auf der Kopfhaut.

»Eine Brille wäre gut«, überlegte Armand. »Hast du nicht wenigstens eine Sonnenbrille dabei? Aus der könnte man die Gläser herausbrechen; das würde in der Nacht nicht auffallen.«

»Eine Sonnenbrille, aus der man die Gläser . . .? Nein. Ich trage nie Sonnenbrillen.« Auf was für abstruse Ideen dieser Mensch kam!

»Bedauerlich«, meinte Armand und spähte durch die Zweige auf die Straße. »Dann werde ich mir eben eine klauen.«

Ich konnte ein spöttisches Auflachen nicht verbeißen.

»Ich glaube kaum, dass nachts besonders viele Leute Sonnenbrillen tragen.«

Auch das überhörte Armand geflissentlich. »Niemand zu sehen, komm!«

Wir verließen das Gebüsch auf der entgegengesetzten Seite und setzten unseren Weg die Straße aufwärts fort, als sei nichts geschehen. Armand legte ein straffes Tempo vor, um mich ein paar hundert Meter weiter plötzlich am Arm zu packen und in den Schatten eines Hauseingangs zu ziehen. »Schau mal«, flüsterte er. »Dort drüben.«

Ich sah in die angegebene Richtung und erwartete eigentlich, einen Polizisten dort stehen zu sehen, oder Pierre, oder sonst irgendjemand Gefährliches. Doch ich sah nur einen halbwüchsigen Jungen, der gegen eine Litfaßsäule gelehnt auf irgendetwas zu warten schien. Er hatte die Haare sorgfältig frisiert, eine brennende Zigarette lässig im Mundwinkel, die hellbeige Jacke offen und im Ausschnitt seines Pullovers eine Brille eingehängt.

Armand lachte leise. »Jede Wette, dass er von heute Abend an fest an fliegende Untertassen glauben wird.«

Dann setzte er seine unheimlichen Kräfte ein.

Fasziniert verfolgte ich, wie sich die Brille aus dem Pulloverausschnitt aufwärts schob, und ehe der Junge begriff, was da geschah, schoss sie plötzlich senkrecht nach oben wie eine Rakete, glitzerte neben einer Straßenlaterne noch einmal kurz auf und verschwand

dann im dunklen Nachthimmel. Die Reaktion von Armands bedauernswertem Opfer werde ich nie vergessen. Er stand da, die eine Hand auf der Brust, wo eben noch die Brille gehangen hatte, den Kopf in den Nacken zurückgelegt und ungläubig nach oben starrend. Er konnte es nicht fassen, nicht um alles in der Welt. Immer wieder betastete er seinen Pullover, sah zu Boden, sah empor, drehte sich ein paar Mal um sich selbst, zerraufte sich die Haare, begann in seinen Taschen zu wühlen, umrundete suchend die Litfaßsäule und schüttelte bei all dem unablässig den Kopf.
Währenddessen streckte Armand seelenruhig die Hand aus, und im nächsten Augenblick schwebte die Brille aus der Dunkelheit herab und landete zielsicher auf seiner Handfläche. Es war eine sehr modische Sonnenbrille, die unter Garantie teuer gewesen war, mit dickem schwarzem Rand und selbst verdunkelnden Gläsern, jetzt in der Nacht natürlich völlig klar. Armand setzte sie auf und sah mich an. »Na, wie sehe ich aus?«
»Nicht mehr wieder zu erkennen«, musste ich zugeben. »Hör mal, das war eben aber nicht fair.«
»Stimmt«, nickte Armand mit plötzlichem Ernst, nahm die Brille wieder ab und steckte sie zusammengeklappt in die Brusttasche. »Aber das hier ist auch kein lustiges Fangspiel.«
Er sah auf die Uhr. »Komm, wir müssen uns beeilen.«
Wir gingen weiter bergauf. Ich warf einen letzten Blick zurück. Der Junge lief immer noch ziellos um-

her, und jetzt war er in fassungsloses Kichern verfallen. Er konnte einem Leid tun.

Die Straße war steiler, als sie aussah, und man kam ganz schön ins Keuchen bei dem Tempo, das Armand vorlegte. Ich hatte Mühe, nicht zurückzufallen.

»Wenn du mir nur endlich erklären würdest, was du eigentlich vorhast!«, beschwerte ich mich kurzatmig.

»Wir werden den Nachtzug nach Dresden nehmen«, erklärte er, ebenfalls heftig atmend. »Der fährt um 23 Uhr 08. In einer guten halben Stunde also. Von Gleis 16.«

»Ach ja?«, ächzte ich. »Falls es dir noch nicht aufgefallen sein sollte: Wir sind kilometerweit vom Hauptbahnhof entfernt, und wir entfernen uns mit jedem Schritt weiter.«

»Moment, lass mich ausreden. Das Problem ist, dass wir in den Hauptbahnhof nicht hineinkommen, richtig? Nicht durch die Eingänge jedenfalls. Egal, wie wir uns verkleiden, sie würden uns schnappen.«

»Und? Was willst du stattdessen machen? Über die Gleise gehen?«

Er warf mir einen unwilligen Blick zu. »Sei nicht albern. Die bewachen sie natürlich auch. Nein, ich habe mir vorhin die Fahrpläne genau angesehen. Um 22 Uhr 59, also neun Minuten vorher, kommt im Hauptbahnhof ein Nahverkehrszug aus Horb an, und zwar auf Gleis 15. Und in diesem Zug werden wir sein.«

»Was?!«

»Der Witz ist, dass Gleis 15 und 16 am selben Bahnsteig

gegenüberliegen. Der Zug aus Horb ist ein Nahverkehrszug, das heißt, er hält an jeder Station, und die Strecke, die er fährt, führt über den Stuttgarter Westbahnhof. Und dorthin sind wir gerade unterwegs.«

»Der Westbahnhof . . .?!« Ich sah keuchend die Straße entlang, die immer weiter aufwärts führte, ganz weit vorn um eine weitere Kurve ging und kein Ende zu nehmen schien. Stimmt. Den hatte ich auf dem Stadtplan sogar gesehen. Ein weißes Kästchen. Es gab auch einen Nordbahnhof, der war allerdings als schwarzes Kästchen eingezeichnet gewesen.

»Dort werden wir einsteigen. Und wenn wir im Hauptbahnhof ankommen, brauchen wir bloß auszusteigen, ein paar Schritte quer über den Bahnsteig zu machen und wieder einzusteigen, nämlich in den bereitstehenden Zug nach Dresden. Ganz einfach, nicht wahr?«, schloss er hochzufrieden.

Ich nahm mir ein gutes Dutzend Schritte Zeit, mir die Sache durch den Kopf gehen zu lassen. Das war gar nicht so dumm ausgedacht, musste ich zugeben. »Bist du sicher, dass die Gleise 15 und 16 einander gegenüberliegen?«

»Das habe ich gesehen, als wir durch die Bahnhofshalle gegangen sind. Erinnerst du dich? Der erste Nachtzug ging von Gleis neun ab, und das lag links vom Bahnsteig, gegenüber Gleis zehn. So geht das weiter – elf und zwölf, 13 und 14, 15 und 16.«

»Gut, verstehe. Aber glaubst du, sie werden die Bahnsteige nicht auch kontrollieren?«

»Sie bewachen ja die Eingänge. Warum sollten sie dann auch noch die Bahnsteige kontrollieren?«

»Na schön. Aber du weißt es nicht. Und was willst du machen, wenn wir ankommen und der Bahnsteig voller Polizisten ist, von vorn bis hinten, die jeden unter zwanzig Jahren anhalten? Dich ergeben?«

»Natürlich nicht«, erwiderte Armand gelassen. »In diesem unwahrscheinlichen Fall werden wir uns unauffällig in eine Toilette des Zuges einschließen und abwarten, bis er eine Viertelstunde später wieder zurück nach Horb fährt.«

Wir keuchten eine Weile schweigend nebeneinander her. Die Kurve dort vorn sah viel versprechend aus, dahinter waren Lichter zu sehen, Häuser, die keine Wohnhäuser mehr waren. Es sah aus, als sei der Westbahnhof ganz nahe.

Irgendwas stimmte trotzdem nicht. Mir ging das weiße Kästchen nicht aus dem Sinn. Wieso weiß?

»Na schön«, stieß ich hervor. »Ein perfekter Plan.«

»Nicht wahr?«, grinste Armand.

»In Filmen gehen perfekte Pläne immer schief.«

Armand überhörte den Einwand. »Weißt du, was das Beste ist? Es gibt tausende von Wegen heraus aus einer Stadt wie dieser, und auf irgendeinem davon werden sie mich vermuten. Stattdessen sitze ich in einem Zug, in dem man mich so wenig suchen wird wie im Kofferraum eines Streifenwagens.«

Ich nickte ergeben. »Großartig.« Was hieß das? Dass er endlich vorhatte, ohne mich weiterzufahren? Ich hatte keine Lust mehr, darüber nachzudenken. Sollte er doch machen, was er wollte.

Die letzten Meter. Die Straße lag schnurgerade vor uns, links standen Bäume, dahinter Wohnblöcke, auf der rechten Seite eine Reihe von Geschäftshäusern, weiter hinten eine Tankstelle. »Wir müssen gleich da sein«, versicherte Armand, obwohl ich ihn nicht danach gefragt hatte.

Da. Da war es. Ein Schild mit der Aufschrift »Westbahnhof«. Es hing an einem älteren, etwas von der Straße zurückgesetzten Gebäude mit gelb erleuchteten Butzenglasscheiben. Es gab ein Vordach und allerhand Metallgitter, doch an der Wand prangte das Emblem einer Brauerei, während man das rot-weiße Logo der Bahn vergeblich suchte. Je näher wir kamen, desto deutlicher war Musik zu hören.

Ein perfekter Plan? Ich musste unwillkürlich auflachen. Der »Westbahnhof« war kein Bahnhof, sondern eine Gaststätte!

Kapitel 9 | *»Merde!«*, stieß Armand hervor. »Das kann nicht sein. Wir sind falsch.« Kam es mir im fahlen Licht der Straßenlaternen nur so vor, oder war er blass vor Entsetzen?

Ich trat unter das Vordach. Eine trübe Lampe beleuchtete einen mit uralten Steinfliesen belegten Boden. Viele davon wiesen Risse auf, in den Ritzen wuchs Gras. Es war ein Weg, der um das Gebäude herumführte. »Wir sind nicht falsch«, sagte ich, als ich sah, was auf der anderen Seite war. »Schau dir das an!«

Er war neben mir wie der Blitz. Auf der Rückseite des Gebäudes verlief ein von Unkraut überwucherter Bahnsteig. Zwei Paar Schienen liefen unter uns vorbei, verschwanden nach rechts hinter den Gebäuden und links in einem Tunnel.

»Das war einmal ein Bahnhof«, erklärte ich, was offensichtlich war. »Man hat ihn bloß stillgelegt.«

Armand schüttelte ungläubig den Kopf. »Aber er war eingezeichnet. Auf dem Stadtplan war er eingezeichnet, als Bahnhof.«

»Als weißes Kästchen. Was wahrscheinlich bedeutet, dass ein Bahnhof stillgelegt ist. Du hättest dir die Kartenlegende genauer anschauen müssen.«

»Merde«, ächzte Armand. *»Je suis cuit.«* In dem Moment hatte ich keine Ahnung, was das hieß, aber zweifellos war es ein Ausdruck, den ich ohnehin nie in der Schule lernen würde. »Das heißt, der Zug wird hier auch nicht halten.«

Ich hob die Augenbrauen. »Sollte mich wundern.« Was ein Glück, dass das nicht mein Problem war.

Er stand eine ganze Weile wie zum Standbild erstarrt. Eine ganz schön lange Weile, wenn ich es recht bedenke. Ich musterte ihn von Zeit zu Zeit, weil ich mir nicht sicher war, ob er bloß nachdachte oder ob ihn der Schlag getroffen hatte.

»He«, sagte ich schließlich. »Das ist doch kein Problem. Wir vergessen den Zug nach Dresden einfach und nehmen irgendeinen Bus, der aus der Stadt hinausfährt. Oder eine Straßenbahn. Die können doch unmöglich alle Linien bewachen, oder? Und dann sieht man weiter.«

Er schüttelte langsam den Kopf. »Pierre wird mich finden«, flüsterte er kehlig. »Wenn ich morgen früh nicht mindestens zweihundert Kilometer weit weg bin, wird er mich finden.«

»Dann stehlen wir ein Auto«, schlug ich vor und war selber verblüfft über meine kriminelle Phantasie. »Das heißt, falls du fahren kannst. Ich kann es nicht.«

Armand schüttelte den Kopf. »Fahren? Ich? Woher denn? Ich war über sechs Jahre quasi eingesperrt.« Er sah zu den ehemaligen Signalanlagen hinüber, die sich wie Scherenschnitte gegen einen halbdunklen

Hintergrund abhoben. »Die funktionieren auch nicht mehr. Kein Strom.«
Ich schwieg. Wie kam ich dazu, ihm Vorschläge zu machen? Zumal solche? Außerdem, wenn man das eben Gesagte weiterdachte, war der nächste Gedanke der, ein Auto mitsamt Fahrer zu entführen. Und unter keinen Umständen wollte ich diejenige sein, die ihn auf diese Idee brachte.
»Ich habe das schon einmal erlebt«, sagte Armand in das kurze Schweigen hinein. »Wie die Polizei eine ganze Stadt abriegelt, meine ich. Radiodurchsagen, Lautsprecherwagen, Kontrollen an allen Straßen . . . In Frankreich war das noch. Ich weiß nicht, ob sie es hier genauso machen, aber ich habe keine Lust, es herauszufinden.«
»Verstehe«, nickte ich und fragte mich, was werden würde.
Armand holte tief Luft und starrte wieder auf den Tunnel. »Ich muss in diesen Zug«, erklärte er.
Ich musterte ihn, versuchte, herauszufinden, was er vorhaben mochte, und während ich noch rätselte, drang ein weit entferntes, tiefes Grollen und Rollen an mein Ohr. Armand horchte auch auf, sah auf die Uhr.
»Es ist der Zug«, sagte er überflüssigerweise.
Das Donnern kam mit jeder Sekunde näher. Wenn man stillstand, konnte man schon den Boden unter dem Gewicht des herankommenden Zuges erbeben fühlen.
»Ich muss in diesen Zug«, schrie Armand auf. »Ich

muss in diesen *verdammten* Zug!« In seinen Augen war ein geradezu wahnsinniger Ausdruck, eine Mischung aus Angst und irrer Wut – und noch etwas, das weit entsetzlicher war, für das ich aber keinen Begriff hatte.

»Dann halt ihn eben an!«, schrie ich zurück.

Er gab einen jaulenden Laut von sich. »Das kann ich nicht! Ich kann doch keinen *Zug* anhalten!«

Jetzt sah man die Scheinwerfer der Lokomotive. In ihrem Licht glommen die Schienen auf, schnurgerade, wie hauchdünne silberne Spinnweben.

Ich musste auflachen. »Du kannst also doch nicht alles!« Keine Ahnung, warum ich das sagte. In dem Augenblick fand ich es kolossal erleichternd, festzustellen, dass seine unheimliche Macht Grenzen hatte.

Armand warf mir einen eigenartigen Blick zu, genau in dem Moment, in dem der Zug groß und dröhnend und tonnenschwer aus dem Tunnel geschossen kam. In meiner Erinnerung sehe ich alles wie in Zeitlupe vor mir. Ich weiß noch, wie der Luftstoß, den der Zug vor sich herschob, Armands Haar verwehte, sehe seine Hände sich wie bei einem epileptischen Anfall verkrampfen und sein Gesicht sich zu einer Fratze verzerren, dann höre ich ein markerschütterndes metallisches Kreischen, Stahl auf Stahl, spüre den Boden zittern unter mir und sehe ... wie der Zug zum Stillstand kommt. Genau am alten Bahnsteig, direkt vor uns. Ein letztes eisernes Ächzen, dann war es auf einmal ohrenbetäubend still.

Armands Gesicht entspannte sich wieder, von einem dünnen, schimmernden Schweißfilm bedeckt. Er lächelte. »Die Bremsen«, keuchte er triumphierend. »Mir ist gerade noch eingefallen, dass ich ja nur die Bremsen zu betätigen brauche, um den Zug anzuhalten.«

Ich starrte die still dastehenden Wagen an, unter denen es eigenartig knackte, sah Armand an. »Die Bremsen. Na klar.« Sollte ich lachen oder heulen? »Und jetzt?«

»Wir steigen ein. Komm.« Er machte eine schwache Handbewegung in Richtung auf das Zugende. »So weit hinten wie möglich.«

Wir eilten auf die hinterste Einstiegstüre zu. Ich erreichte sie, griff nach dem Türöffner, riss daran – und nichts rührte sich. Die Tür war verriegelt.

»Armand«, sagte ich und trat zurück. »Dein Fachgebiet.«

Armand packte den metallenen Hebel, versuchte ihn zu drehen. Nichts. *»Merde«*, murmelte er und bekam denselben glasigen Blick wie bei den Spielautomaten. »Elektrisch . . .? Arbeitet die Verriegelung elektrisch? Das ist schwierig. Das ist . . . *vachement con!«* Er riss wütend an dem Griff, doch die Tür blieb zu.

In dem Augenblick knallte die vorderste Türe auf, und der Schaffner stieg aus, anscheinend, um die Fahrgestelle zu inspizieren. Doch ehe er dazu kam, entdeckte er uns und fing an, aufgeregt mit dem Arm zu wedeln. »He! Sie dahinten!«, rief er. »Steigen Sie wieder ein. Das ist noch nicht der Hauptbahnhof!«

Wir sahen uns verblüfft an. Armands Augen leuchteten auf. Er packte den Türöffner, riss daran und schrie zurück: »Geht nicht auf!«
Der Schaffner, vernehmlich vor sich hin schimpfend, zog einen mächtigen Schlüsselbund aus der Tasche und fuhrwerkte damit an irgendeinem Schaltkasten bei sich neben den ausgeklappten Trittstufen herum. Es klackte und Armand konnte unsere Türe mühelos aufziehen. Wir stiegen ein, zogen sie hinter uns wieder zu und blieben einfach in dem Vorraum stehen. Gleich darauf fuhr der Zug wieder an.
»Ich habe einen Zug angehalten«, sagte Armand und schüttelte den Kopf, offenbar schwer von sich selber beeindruckt. »Wenn das Monsieur Fourier wüsste . . .«
Ich habe nie erfahren, wer dieser Monsieur Fourier war. Es interessierte mich in dem Moment auch nicht. Ich sah nur aus dem Fenster, hinaus in die lichterfüllte Nacht. »Bestimmt wird gleich der Schaffner kommen, um uns zu kontrollieren.«
Armand schüttelte den Kopf. »Wird er nicht.« Er setzte die geraubte Brille auf und zog die Jacke aus, wendete das karierte Innenfutter nach außen und legte sie locker über seine Tasche. Dann grinste er dünn. »Weiter vorn ist eine Durchgangstür blockiert.«
Der Schaffner kam tatsächlich nicht. Auch alles andere funktionierte so, wie Armand es sich ausgedacht hatte. Nach ein paar Minuten erreichten wir den Hauptbahnhof. Der Zug bremste ab, kam zum Still-

stand. Auf der anderen Seite des Bahnsteigs stand tatsächlich bereits ein anderer Zug abfahrbereit. Wir stiegen aus, gingen hinüber, niemand schrie, niemand hielt uns an. Unbehelligt stiegen wir ein, fanden ein leeres Abteil und setzten uns. Zehn Minuten später rollte er an und wir waren unterwegs.

Kapitel 10 | Während die Lichter von Stuttgart allmählich hinter uns zurückblieben, fiel die Anspannung von uns ab. Mir war, als hätte ich die ganze letzte Stunde den Atem angehalten.

Der Schaffner kam, stempelte unsere Fahrkarten, wünschte uns eine gute Reise und eine gute Nacht und ging weiter. Armand schloss die Abteiltür hinter ihm, zog die Vorhänge zu und schaltete die Deckenbeleuchtung aus, sodass das Abteil nur noch von der glimmenden Nachtlampe erhellt wurde.

»Das wäre geschafft«, meinte Armand höchst zufrieden. »Sollen sie Stuttgart nach uns absuchen. Wird sicher spaßig. Ich könnte mir vorstellen, dass Pierre irgendwann platzt vor Wut.« Er öffnete den Reißverschluss seiner Reisetasche. »Ich glaube, jetzt ist ein kleines Picknick genau die richtige Belohnung.«

Ich entledigte mich endlich der lästigen Perücke mit dem festen Vorsatz, mir nie, nie, nie im Leben so ein Ding zu kaufen. Es war mir ein Rätsel, wie jemand ganze Abende mit etwas auf dem Kopf verbringen konnte, das sich anfühlte wie eine Plastiktüte, die entschlossen war, einen zu skalpieren. Dann machte auch ich mich über meinen Proviant her. Immerhin hatte ich seit den zwei kleinen Stücken Marmorkuchen, die mir Jessicas Mutter aufgenötigt hatte, nichts mehr gegessen. Meine Güte, das alles schien Ewigkeiten her zu sein! Mein ganzes Leben begann, mir vorzukommen wie etwas, das ich bloß mal im Film gesehen hatte.

Armand knipste das Leselicht an und tastete in der Ablage über seinem Kopf nach dem Faltblatt mit dem Fahrplan unseres Zuges. Das lag auf einem Stapel gelesener Zeitungen, der ihm daraufhin in den Schoß fiel, allem obenauf die Titelseite mit den in diesen Tagen unvermeidlichen Schlagzeilen über Jean-Marie Levroux, den französischen Spion, und dem Foto des gesuchten jugendlichen Gewaltverbrechers Armand Duprée darunter. »Der verfolgt mich!«, murmelte er, knüllte die Zeitungen wieder zusammen und stopfte sie zurück in die Ablage.

Dann widmete er sich dem Fahrplan. »Der nächste Halt ist Schorndorf, in ein paar Minuten. Das wussten wir schon. Bis Crailsheim hält der Zug ungefähr alle Viertelstunde. Dann noch Ansbach, und danach kommt erst um halb zwei Nürnberg. Gut«, sagte er, legte das Faltblatt weg und knipste die Leselampe wieder aus.

»Du kommst ziemlich schnell mit Fahrplänen klar, oder?«, fragte ich. »Ich meine, dieses Manöver vorhin mit Nahverkehrszügen, Gleisen und Abfahrtszeiten – auf so etwas wäre ich im Leben nicht gekommen.«

»Na ja, ich weiß nicht«, sagte Armand und öffnete eine Cola-Dose. »Dass der Bahnhof stillgelegt war, das hätte schlimm ausgehen können. Aber was soll's . . . Man macht es eben, so gut man kann, wenn alle Welt hinter einem her ist.«

»Hmm«, machte ich nachdenklich. Eine Weile schwiegen wir, mit Essen und Trinken beschäftigt. Der Zug hielt, aber es schienen nur Leute auszusteigen. Gleich darauf glitten wir wieder einschläfernd gleichmäßig durch eine nächtliche Landschaft, über der zerfetzte Wolken und ein mild herableuchtender Mond hingen. Das, was wir als Proviant dabeihatten, war nicht gerade ein Musterbeispiel für ausgewogene Ernährung. Armand hatte wahllos eingepackt, was zur Hand gewesen war, Getränkedosen, Schokolade, Kekse, eine halbe Packung Knäckebrot, diverse Käse, die restlichen Ringe von Vaters getrockneter Blutwurst, dies und das. Als ich die Wurstringe in der Umhängetasche gesehen hatte, hatte ich angestrengt darüber nachgedacht, ob ich sie rechtzeitig würde von meinem gesparten Taschengeld ersetzen können und ob es etwas ausmachte, dass sie dann noch zu frisch sein würden für Vaters Geschmack. Jetzt kamen mir diese Gedanken höchst eigenartig vor. Schließlich war es doch nicht meine Schuld, dass ich überfallen und entführt worden war!

»Sag mal . . .«, begann ich irgendwann ein paar Bahnhöfe später, nach Mitternacht, als ich mir nicht sicher war, ob Armand nur gedankenverloren aus dem Fenster sah oder womöglich schlief.

»Hmm?«, machte er. Er klang hellwach.

»Angenommen, deine Flucht gelingt . . .«
»Sie gelingt«, versicherte Armand sofort.
». . . dann wirst du irgendwo untertauchen, oder? Ein neues Leben anfangen.«
»Genau. Neuer Name, neue Identität.«
Ich kaute nachdenklich an meinem letzten Wurstzipfel. So auf der Flucht schmeckten sie gar nicht übel, Vaters Lieblingswürste. »Und was ist mit deinen Eltern? Die werden sich doch Sorgen machen.«
Armand schwieg eine Weile. »Vielleicht schreibe ich ihnen eine Karte, wenn alles geregelt ist. Aber mehr wird nicht drin sein. Zu gefährlich.«
»Das ist doch grausam.«
Er schnaubte unwillig. »Klar, aber es geht nun mal nicht anders. Die Leute, die mich verfolgen, werden nie damit aufhören, verstehst du? Niemals. Wenn sie mich aus den Augen verloren haben, werden sie bei meinen Eltern die Telefone verwanzen und darauf warten, dass ich vor lauter Heimweh zu Hause anrufe. Und wenn ich das tue, geht eine Minute später die Jagd wieder los.«
»Meine Güte«, entfuhr es mir unwillkürlich. Auf einmal begriff ich, dass ich noch überhaupt nichts begriffen hatte. Ich hatte geglaubt zu wissen, wie es ist, verfolgt zu werden, weil ich ein Stück von Armands Flucht miterlebt hatte. Aber in Wahrheit war ich nur Zuschauerin gewesen, eine widerwillige Begleiterin, die nur auf eine Gelegenheit wartete, wieder in ihr bisheriges Leben zurückzukehren. Für Armand dage-

gen würde es so eine Rückkehr niemals geben. Ich konnte nur ahnen, wie furchtbar das sein musste.

Eine Weile hing wieder jeder seinen Gedanken nach. Die Wolken zogen immer stärker zu und sperrten den Mond aus, je weiter wir fuhren, und eine allmächtige Dunkelheit legte sich über die Landschaft. Wie helle Inseln tauchten ab und zu Siedlungen auf, mit beleuchteten, leeren Straßen, entlang derer dünnhalsige Straßenlaternen Spalier standen und sich voreinander verneigten. Und bisweilen tasteten irgendwo weit draußen die Lichtkegel von Autoscheinwerfern um Kurven herum, einzelne Bäume oder Häuser oder Waldränder aus dem Dunkel reißend.

»Wie bist du ihnen überhaupt entkommen?«, fragte ich. »Oder umgekehrt – wie konnten sie jemanden mit deinen Kräften eigentlich festhalten?«

Ich spürte, dass er zögerte. So, als sei es ihm unangenehm, darüber zu sprechen. »Das ist eine lange Geschichte«, sagte er schließlich nur. Und wie immer, wenn jemand das sagt, ließ er es dabei bewenden.

»Na schön«, zuckte ich mit den Schultern, »geht mich ja auch nichts an.«

Er erwiderte nichts, starrte nur hinaus in die schwarze Nacht. Wieder ein Bahnhof, ein, zwei Minuten lang, und schon ging es weiter. Ich wurde allmählich schläfrig. Ich suchte eine einigermaßen bequeme Position für meinen Kopf zwischen Lehne, Fensterscheibe und meiner Jacke und war gespannt, ob ich wohl schlafen können würde . . .

»Es war ein spontaner Entschluss«, sagte Armand plötzlich. »Eine Sache von ein, zwei Stunden, mir alles zu überlegen. An dem Tag war Pierre auf der Beerdigung seines Vaters, deswegen hat er nichts mitbekommen. Ich wusste nicht mal, dass sein Vater gestorben war, so was sagen die einem nicht. Ich sah nur zufällig aus dem Fenster, wie sie mit ihm in ein Auto stiegen und wegfuhren. Und er hatte einen schwarzen Anzug an.« Er zögerte. »Zuerst war ich bloß erleichtert über die Aussicht, ein paar Stunden allein in meinem Kopf zu sein – ohne dass jemand mithörte und gehässige Kommentare dazu abgab. Aber dann ... Es war, als wären meine Gedanken plötzlich auf Touren gekommen, und auf einmal wurde mir blitzartig klar, was für eine einmalige Gelegenheit sich bot. Dass ich fliehen konnte. Ich dachte darüber nach, wie ich es anstellen wollte, und dabei dämmerte mir, dass ich nun auch fliehen *musste*. Weil ich diese Idee gehabt und ernsthaft erwogen hatte, verstehst du? Denn sobald Pierre zurückkam, würde er meine Gedanken lesen und unseren Aufpassern brühwarm berichten, was los war. Also machte ich, dass ich wegkam.«

»Einfach so?«, fragte ich. »Ohne Geld, ohne Landkarten, ohne Ausrüstung?«

»Ja. Und auch ohne viel Ahnung, wie das Leben außerhalb des Instituts überhaupt funktioniert. Ich bin zum Beispiel nicht auf die Idee gekommen, mit dem Zug zu fahren, obwohl nicht weit vom Institutsgelände entfernt ein Bahnhof liegt mit ziemlich guten Fernverbindungen.« Ich konnte sehen, dass er grinste. »Was mein Glück war, denn dort hätten sie mich sofort geschnappt.«

»Was hast du stattdessen gemacht?«

»Ich habe mich von Autos mitnehmen lassen. Während die Agenten des Instituts mit ihren Hubschraubern nach Lyon und Besançon und so weitergerast sind, war ich noch ganz in der Nähe und bin ahnungslos von Dorf zu Dorf gezogen.«

»Per Anhalter.«

»So ungefähr. Bloß habe ich nicht stundenlang am Straßenrand gewartet, sondern ein bisschen nachgeholfen. Ein ziemlich guter Trick. Ich habe mich versteckt, bis ein Auto vorbeikam, das mir gefiel. Ein Lastwagen, oder ein klappriger Kleinwagen, jedenfalls etwas Unauffälliges. Ich hatte ziemlich rasch heraus, wo ich telekinetisch hinfassen musste, damit so ein Wagen plötzlich eine unerklärliche Motorpanne hat und stehen bleibt. Ich habe jeweils gewartet, bis der Fahrer die Motorhaube aufmachte und ratlos dreinblickte, dann bin ich raus, kam daherspaziert und fragte, ob ich helfen könne. Das hat keiner abgelehnt. Ich habe ein wenig am Motor herumgefingert, etwas von ›Aussetzern‹ und ›Feuchtigkeit‹ gemurmelt, und schließlich gesagt, er solle es noch mal probieren, ihn anzulassen. In Wirklichkeit habe ich natürlich einfach nur losgelassen. Die Leute waren immer heilfroh, und wenn ich sie darum gebeten habe, mich ein Stück mitzunehmen, haben sie mich oft noch zum

Essen eingeladen, sind Umwege gefahren, um mich dorthin zu bringen, wo ich hinwollte, oder haben mir Geld aufgedrängt. Kurzum, es war die ideale Methode«, schloss Armand und grinste selbstzufrieden.

»Und warum hast du nicht einfach so weitergemacht?«

»Weil sie auf die Idee gekommen sind, meine Beschreibung im Radio durchzugeben.« Er seufzte. »Ich saß gerade neben einem netten, alten Mann, einem Kohlefahrer, als die Warnung vorgelesen wurde. Es war schrecklich. Er hörte sich die Durchsage an, in der von einem gemeingefährlichen jugendlichen Gewalttäter die Rede war, und schüttelte traurig den Kopf: Was doch alles Schlimmes in der Welt passiere. Ich wollte schon aufatmen, als ich sah, wie er erstarrte, mich ansah und zu schreien anfing . . . Schrecklich.« Einen Augenblick sah er betroffen drein, dann fügte er mit einer wegwerfenden Handbewegung hinzu: »Na ja, er hatte natürlich keine Chance. Ich schaltete ihn und das Auto aus und machte, dass ich fortkam.«

Ich schluckte. »Und dann?«

»Dann habe ich erst mal keine Autos mehr benutzt. Ich habe versucht mich in den Wäldern zu verstecken, aber das ging nicht lange. Also bin ich in leer stehende Häuser eingebrochen, habe Kleidung, Essen und Geld gestohlen, und schließlich bin ich auf die Idee gekommen, über die Grenze zu gehen, mit dem Zug. Ich dachte, vielleicht trauen sie sich nicht, mich nach Deutschland zu verfolgen. Ein Irrtum. Ich habe es wieder von Dorf zu Dorf probiert, mit Bussen meistens, aber das hat nicht mehr so gut funktioniert wie am Anfang. Im Gegenteil, sie haben mich regelrecht eingekreist.« Er hielt inne. »Na ja, und den Rest kennst du ja.«

Ich sah ihn an. Für einen Moment war aller Anschein von Unbesiegbarkeit und Überlegenheit von ihm abgefallen, und er sah weich und verletzlich aus. »Hast du keine Angst, dass sie in Dresden am Bahnhof schon auf dich warten?«

Er schüttelte den Kopf. »Sie würden nicht so lange warten. Wenn sie auch nur einen Verdacht hätten, wären sie längst im Zug.«

»Und dann?«

»Sie haben keinen Verdacht. Sie halten mich für einen Idioten. Für einen Idioten mit einer beinahe magischen Fähigkeit, aber für einen Idioten.« Es klang bitter. Ich begann, mich zu fragen, was ich alles nicht wusste über diesen Jungen. Was er mitgemacht haben musste in diesem Institut.

Ich versuchte aufmunternd zu lächeln. Ich weiß nicht, wie gut ich so etwas kann. In dem Augenblick hatte ich das Gefühl, nicht sehr gut. »Wenn wir in Dresden sind«, sagte ich, beseelt von dem Wunsch, ihm zu zeigen, dass mir sein Wohl am Herzen lag, »wäre es gut, wenn wir noch etwas Geld besorgen könnten, sodass ich mit dem Zug heimfahren kann und nicht gezwungen bin, mich auf einer Polizeiwache zu melden. So erfahren sie nicht, wohin du verschwunden bist.«

Armand hüstelte. »Du setzt so beeindruckend selbstverständlich voraus, dass du von Dresden aus wieder heimfahren wirst.«
Ich stutzte. »Wieso? Es war abgemacht, dass ich dich bis Dresden begleite und dann . . .«
»Und dann? Dann sieht man weiter.«
»Jetzt mal langsam«, begehrte ich auf. »Bilde dir bloß nicht ein, dass ich mich von dir bis in alle Ewigkeit mitschleppen lasse.«
»Und was willst du dagegen machen?«
»Davonlaufen, ganz einfach. Bei der nächsten sich bietenden Gelegenheit.« Sehr schlau von mir, das ausdrücklich anzukündigen.
»Klar. Bloß wird sich keine Gelegenheit bieten.«
»Denkst du. Dabei hätte ich mich heute Abend mehrere Male mit Leichtigkeit absetzen können.«
»Ach. Wann denn zum Beispiel?«
»Zum Beispiel, als wir zur S-Bahn gerannt sind. Zum Beispiel am Hauptbahnhof. Ich hätte mich bloß irgendeinem Polizisten in die Arme werfen müssen.«
Armand hob verwundert die Augenbrauen. »*Ça alors!* Und warum hast du es nicht getan?«
Ich wurde plötzlich unsicher. »Keine Ahnung. Ich weiß nicht. Vielleicht . . . weil . . .«
»Vielleicht weil was? Weil du Angst vor mir hattest.«
»Quatsch«, versetzte ich ärgerlich. Nein, nicht ärgerlich. Verwirrt über mich selber. »Es sind ja wohl auch noch andere Gründe denkbar, dass ich dich nicht verraten habe!«

»Nämlich?«
»Vielleicht war es, weil ich . . . weil du . . . weil ich dachte . . .« Ich wurde rot. Ich spürte es. Heiß und unaufhaltsam wallte es in mir auf. Was für ein Glück, dass das Abteil nur schwach von der Nachtlampe erhellt wurde. »Vielleicht, weil ich dich . . . irgendwie . . . gern habe.«
Es war heraus. Es war heraus und ich konnte nicht glauben, dass ich es gesagt hatte. Dass meine Zunge eher davon gewusst haben sollte als mein Hirn. Ich drückte mich tief in meinen Sitz, ins Dunkle, und wagte kaum mehr ihn anzusehen. Und ich hatte keine Vorstellung, was nun geschehen würde.
Im Nachhinein betrachtet, muss ich zugeben, dass ich natürlich sehr wohl eine Vorstellung hatte. Heldin und Held gestehen sich gegenseitig ihre Liebe. Sie sinken einander in die Arme. Ihre Lippen bewegen sich aufeinander zu, von unwiderstehlichen Kräften magnetisch angezogen. Kuss. Und Abblende.
Ich hatte eindeutig zu viele Liebesfilme gesehen.
Armand, nach einer Schrecksekunde, fing nur spöttisch an zu lachen. »Ehehe!«, meckerte er, lehnte sich zurück und legte in einer unerträglich arroganten Geste die gespreizten Fingerspitzen gegeneinander. »So ist das!« Und dann fügte er mit einem desinteressierten Grinsen hinzu: »Weißt du, von mir aus kannst du mich ruhig gern haben.«
Oh, wie ich ihn hasste! Ich hätte ihm die Augen auskratzen können für diese Antwort, mit meinen bloßen

Fingernägeln und ohne Reue. Falls da je irregeleitete Zuneigung gewesen sein sollte und nicht bloß eine nachmitternächtliche Wahnvorstellung, dann war sie jedenfalls wie weggewischt. Je länger ich ihn zornbebend anstarrte, desto widerlicher, unerträglicher und Ekel erregender kam er mir vor.

Was glaubte er eigentlich, wer er war, bloß weil er diese telekinetische Begabung hatte? Ein Halbgott? Ein Übermensch, der es sich erlauben konnte, auf die Gefühle anderer Menschen zu pfeifen? Wütend und beleidigt, starrte ich aus dem Fenster, wild entschlossen, kein einziges Wort mehr mit ihm zu wechseln, nicht einen Laut, in meinem ganzen Leben nicht mehr. Und ich würde das Weite suchen, sobald er das nächste Mal auch nur eine Sekunde lang nicht aufpasste. Ohne mit der Wimper zu zucken. Und ich würde auf das nächste Polizeirevier marschieren und alles haarklein erzählen, was er gemacht und was er mir erzählt hatte.

Der Zug wurde langsamer, draußen tauchten Häuserschluchten und Straßen auf. Armand griff wieder nach dem Faltblatt und studierte es. »Das muss Ansbach sein«, sagte er, als sei überhaupt nichts gewesen. Er sah auf die Uhr. »Null Uhr sechsundfünfzig, ja. Wir sind pünktlich.«

Ich schwieg.

Der Zug hielt. Armand stand auf, schob das Fenster herunter und sah hinaus auf den Bahnsteig, um zu sehen, wer ein- und wer ausstieg. Viele konnten es nicht

sein. Ich sah nur einen Mann mit einem Aktenkoffer, der im Weggehen den Mantelkragen hochschlug. Es wehte kalt herein.
Endlich der Pfiff, und es ging weiter. Armand schob das Fenster wieder zu und konsultierte erneut das Faltblatt. »Der nächste Halt ist Nürnberg gegen halb zwei. Und dann ist erst mal lange Ruhe bis zum nächsten Halt um fünf Uhr zwölf in Halle. Ein seltsamer Name für eine Stadt, Halle. Man stellt sich vor, dass die ganze Stadt überdacht ist.«
Ich schwieg immer noch.
Er schüttelte den Kopf. »Jedenfalls sind das über dreieinhalb Stunden Fahrt ohne Aufenthalt. Da könnte man zum Beispiel ein kleines Schläfchen machen.«
Ich schwieg eisern.
Er legte das Blatt beiseite und gähnte herzhaft. »Kurzum, bis jetzt läuft alles bestens.« Er sah mich forschend an, als fiele ihm erst in diesem Moment auf, dass ich aufgehört hatte, mit ihm zu reden. »Sag mal, das, was du da vorhin gesagt hast, das sollte doch ein Trick sein, oder?«
Ich explodierte. Ich sah rot. Ich hatte nur noch einen einzigen, alles überwältigenden Wunsch: ihm wehzutun.
»Oh, ja, natürlich! Vergiss es!«, platzte ich mit hohntriefender Stimme heraus. »Vergiss es. Es war nur ein Trick, natürlich, ein dummer, kleiner Trick. Es ist mir nur so herausgerutscht, aber selbstverständlich! Oder glaubst du im Ernst, ich würde dir um den Hals fallen,

weil deine telekinetischen Zauberkunststücke mir so unheimlich imponiert hätten?!« Ich lachte spöttisch auf, mit einem Lachen wie eine Kettensäge. »Ganz bestimmt nicht. Meine Güte, wenn du wüsstest, wie du mich anwiderst, du . . . du *Monstrum!*«

Die Stille war wie eine Explosion. Erschrocken presste ich die Hand vor den Mund. Ich hätte mir die Zunge abgebissen, wenn ich damit diese Worte hätte ungesagt machen können. Auf einmal war alle Wut verflogen wie nie gewesen. Ich saß nur da und starrte ihn entsetzt an.

Armand war bei meinem Ausbruch zurückgeprallt, als hätte ich ihn geohrfeigt. Alles Blut war aus seinem Gesicht gewichen. Er saß da, starrte mich aus unnatürlich weiten Augen an, regungslos, wie gelähmt – bis auf ein kaum merkliches Zittern, das an seinem Kinn entlangkroch. Es war klar, ich hatte ihn tödlich getroffen. Ich sah ihn an wie ein Kaninchen die Schlange und in meinem Gehirn kreiste dröhnend nur der eine Gedanke: *Jetzt bringt er mich um!*

Doch dann, urplötzlich, mit einem Knall, der mich zusammenzucken ließ wie ein elektrischer Schlag, zerbarsten die beiden Spiegel unter den Gepäckablagen. Ich zog den Kopf ein, als tausend Splitter klirrend und raschelnd auf mich herabregneten, während Armand sich schwer aus seinem Sitz hochstemmte, auf die Abteiltür zutaumelte, sie mit ungelenken Bewegungen aufriss und auf dem Gang verschwand, unverständliche Wortfetzen vor sich hin keuchend.

Ich saß da wie betäubt, griff nach einer Scherbe, legte sie wieder hin, wusste nicht, was ich tun sollte. Noch nie im Leben hatte ich mich so geschämt. Wenn die Erde sich aufgetan und mich verschlungen hätte, es wäre mir vorgekommen wie die gerechte Strafe für alles. Doch nichts dergleichen geschah. Der Zug sauste durch die Nacht, unbeeindruckt von allem, was in seinem Inneren vor sich gehen mochte oder auch nicht, ratterte über Brücken, an friedlich schlafenden Siedlungen vorbei, und immer wieder wanderten ferne Lichter vorüber.

Mit der Zeit kam ich wieder zu mir. Ich stand auf und trat auf den Gang hinaus. Unter meinen Schuhen knirschten Glasscherben. Wohin mochte Armand gegangen sein? Ich wanderte langsam den Gang entlang, der ebenfalls abgedunkelt war. Die meisten Abteile standen leer. Bei den anderen waren auch die Vorhänge vorgezogen und die Lampen ausgeschaltet; durch die Vorhangspalten konnte man die dunklen Umrisse schlafender Leute erahnen.

Ich erreichte die Schiebetür am Ende des Ganges und gelangte in den Vorraum. Es war kühl hier, und das Rattern der Räder dröhnte einem in den Ohren. Der nächste Wagen war ein Schlafwagen.

Ich blieb stehen. Die Toilette war besetzt. Ich sah mich um, und als ich weit und breit niemanden entdeckte, legte ich vorsichtig mein Ohr an die Tür und lauschte.

Jemand schluchzte. Armand.

Es klang grauenhaft. Es war ein Schluchzen voll unerträglicher Verzweiflung; so als wollte er schreien, während er wusste, dass keiner seiner Schreie jemals laut genug sein würde. Es schien aus einem bodenlosen Abgrund zu kommen, ein Schluchzen, wie ich es noch nie so furchtbar gehört hatte.

Mir war unbeschreiblich zu Mute, als ich langsam ins Abteil zurückging. Ich schaltete das Deckenlicht ein, wartete blinzelnd, bis sich meine Augen wieder an die Helligkeit gewöhnt hatten, und machte mich dann daran, die Spiegelscherben einzusammeln. Die Hand notdürftig durch ein Taschentuch geschützt, brach ich auch die Scherben heraus, die noch in der Halterung steckten, und warf sie alle in den kleinen Abfallbehälter unter dem Fenster.

Schließlich ließ ich mich auf meinen Platz fallen und starrte einfach nur vor mich hin. Ich dachte an das, was er über das Institut erzählt hatte, wo man ihn jahrelang untersucht hatte wie ein seltenes Tier.

Er musste in einer seelischen Wüste gelebt haben. Bestaunt, aber nicht geliebt.

Ich stand auf, um das Licht wieder auszuschalten. Ich war völlig durcheinander. Was konnte ich schon tun? In den Momenten, in denen ich ihn nicht gefürchtet hatte, hatte ich ihn eigentlich ja auch nur bewundert. Ich hatte einen Jungen gesehen, der viel aufregender war als alle Jungs, die ich sonst kannte. Der übersinnliche Kräfte besaß. Der es wagte, eine Flucht quer über den Kontinent anzutreten und dabei einer ganzen Armee von Verfolgern die Stirn zu bieten. Ich hatte mir auch nicht überlegt, wie viel Angst und Verzweiflung nötig waren, um einen solchen Schritt zu tun. Eigentlich kannte ich ihn überhaupt nicht. Was konnte ich schon tun?

Trübsinnig starrte ich hinaus in die nachtschwarze Landschaft, durch die der Zug fuhr. Bis mir siedend heiß etwas einfiel, das Armand heute Abend gesagt hatte.

Ich werde nicht wieder zurückgehen, nie wieder. Eher sterbe ich.

Du meine Güte. Eine wilde Vision von Blut und aufgeschnittenen Pulsadern durchzuckte mein Hirn. Er würde sich doch nichts antun!

Ich sprang auf, stürzte aus dem Abteil und hetzte den Gang entlang. Schiebetür, Kälte, ohrenbetäubendes Fahrgeräusch. Und an der Tür stand immer noch »Besetzt«. Atemlos lauschte ich.

Er lebte. Ich konnte ihn sprechen hören, schwer atmend, mit erstickender Stimme in einem fort denselben Satz wiederholend wie eine Beschwörung. Ich presste das Ohr fester auf die Tür und versuchte, zu verstehen, was er sagte. Es klang Französisch, aber ich hörte nur Wortfetzen heraus.

Je suis . . . Ich bin . . .

Was war er?

Und plötzlich verstand ich. Französisch war eher eines meiner schwächeren Fächer, aber es hilft enorm, wenn jemand wieder und wieder dasselbe sagt, wie ein Gebet.

Je suis un être humain. Je suis un être humain.

Immer wieder diesen Satz, der auf Deutsch so viel heißt wie »Ich bin ein menschliches Wesen«. Das sagte er sich wieder und wieder mit einer Inbrunst, als hinge sein Leben davon ab.

Und vielleicht tat es das ja auch. Hilflos schloss ich die Augen und ließ meinen Kopf vornüber auf die Tür sinken, presste meine Stirn gegen das kühle Plastikmaterial.

Ich bin ein menschliches Wesen.

Oh Gott. Ich hatte ihm wehtun wollen, und ich hatte ihn an seiner wundesten Stelle getroffen.

Ich blieb lange so stehen, nicht im Stande, mich zu rühren. Dann riss ich mich los und suchte den Weg zurück. Ich zitterte, als ich wieder im Abteil war. Ich setzte mich hin und hätte am liebsten geheult, aber es wollten keine Tränen kommen.

Kapitel 11 | Die Zeit verging und ich saß einfach nur da und sah mit brennenden Augen hinaus in die Nacht. Irgendwann kam wieder eine Stadt, hielt der Zug an verlassenen Bahnsteigen, die im fahlen Licht gelber Lampen kalt und unheimlich wirkten. Nürnberg. Niemand war zu sehen, und als der kurze, gedämpfte Pfiff des Schaffners ertönte, schlug nur eine einzige Tür zu, unendlich weit entfernt. Und weiter ging die Fahrt.

Schließlich tauchte Armand wieder auf. Blass stand er plötzlich in der Tür und schien erstaunt zu sein mich noch vorzufinden.

»Du bist noch da?«

Ich sah ihn an. »Wohin hätte ich denn gehen sollen?«

Er schien zu überlegen, was er darauf sagen sollte. Schließlich setzte er sich, aber nicht mehr auf den Platz mir gegenüber am Fenster, sondern auf den Platz direkt neben der Tür – dort, wo er am weitesten von mir entfernt war. Es tat weh, ihn da zu sehen.

Ich zögerte. »Armand?«

»Ja.«

»Es . . . es tut mir Leid, was ich vorhin gesagt habe.«

»Schon gut.«

»Nein, es ist nicht gut. Ich hätte das nicht sagen dürfen. Ich ... ich bin so durcheinander von allem, was heute passiert ist ... das ganze Hin und Her ...« Ich hielt inne. Das klang alles so dünn. Wenn man wirklich etwas zu sagen hat, muss man immer feststellen, dass Worte nicht ausreichen.

»Es ist vorbei«, sagte Armand leise. »Es ist passiert, aber jetzt ist es vorbei. Lass uns nicht mehr darüber reden.«

Wir schwiegen. Dunkelheit und das einschläfernde, ewig gleiche Fahrgeräusch umhüllten uns. Es schien, als hätten wir den ganzen Zug für uns, als führen wir seit Ewigkeiten und würden für alle Zeiten weiterfahren.

»Armand?«

»Hmm?«

»Erzähl mir etwas über dich«, bat ich.

Er setzte sich erstaunt auf. »Wieso?«

»Einfach so«, sagte ich. »Es interessiert mich. Ich würde gern mehr über dich wissen.«

Ich sah ihn den Kopf schütteln, so als könne er nicht ganz glauben, was er da gerade gehört hatte. »Wie meinst du das? Über mich als Person oder über meine telekinetischen Kräfte?«

»Deine telekinetischen Kräfte kenne ich inzwischen, danke«, entgegnete ich. »Nein, erzähl mir etwas über dich, deine Eltern, deine Kindheit, was dich interessiert, solche Sachen.«

»Meine Eltern?« Er sprach das Wort aus, als höre er es zum ersten Mal. Er zögerte. »Was willst du wissen?«

Ich zuckte mit den Schultern. »Was weiß ich – ich will dich doch nicht verhören oder so was. Erzähl mir einfach was. Ob du Geschwister hast, zum Beispiel. Was du für Musik magst.«
»Was ich für Musik mag?« Er sah mich mit eigenartig geweiteten Augen an, wirkte regelrecht erschüttert. »Das hat mich noch nie jemand gefragt, weißt du das?«
»Du machst Witze.«
»Nein, ehrlich.«
Ich runzelte die Stirn. »Vielleicht ist das in Frankreich anders, aber hier zu Lande reden die meisten Leute in unserem Alter über fast nichts anderes. Außer über Filme oder Computerspiele oder so.«
»Ich habe keine Ahnung, wie das in Frankreich ist«, sagte Armand. »Wahrscheinlich so ähnlich. Aber ich weiß kaum noch, wie es ist, in eine normale Schule zu gehen. Ich habe im Institut gelebt, seit ich zehn bin. Und da hat mich nie jemand nach meiner Familie oder meinem Musikgeschmack gefragt.«
»Echt? Habt ihr euch denn nie unterhalten? Wollten die nie wissen, wie es dir geht?«
»Doch. Die wollten eine Menge über mich wissen. Alles. Bloß lief das so, dass sie mir Fragebögen vorgelegt haben, die ich ausfüllen sollte. Und wenn einer der Psychologen kam, um sich mit mir zu unterhalten, dann sagte er so was wie ›Nun, Armand, erzählen Sie mir doch etwas über Ihre telekinetischen Fähigkeiten. Wann haben Sie sie zum ersten Mal bemerkt? Wie äu-

ßern sie sich? Was tun Sie, wenn Sie sie einsetzen wollen?‹ Lauter solche Fragen. Und an der Tür zu meinem Zimmer stand einfach ›Armand Duprée, Telekinet‹.«

»Die haben tatsächlich ›Sie‹ zu dir gesagt?«

»Und ob. Vom ersten Tag an«, nickte Armand. »Die wussten schon, wie sie mich nehmen mussten, die Herren Psychologen.«

»Das ist doch verrückt, oder? Einen Zehnjährigen zu siezen.«

»Das hatte Methode. Was glaubst du, wie ich mich gefühlt habe, als da eine ganze Armee weiß bekittelter Doktoren daherkam und mich ehrfürchtig mit ›Sie‹ und ›Monsieur Armand‹ anredete? Die mussten mich nicht einsperren, im Gegenteil. Bis vor ein paar Wochen hätten sie mich aus dem Institut fortprügeln müssen, damit ich gehe.«

Ich musterte ihn verstohlen. Es interessierte mich brennend, was da passiert sein mochte vor ein paar Wochen, aber ich wagte nicht danach zu fragen.

»War das die Methode, mit der sie dich festhalten konnten?«, fragte ich stattdessen. »Psychologische Tricks?«

»Ja. Und Verführung durch blanken Luxus. Ich hatte ein riesengroßes Zimmer, mit Farbfernseher, Stereoanlage und anderem Krempel. Unaufhörlich sind Pfleger und Krankenschwestern und Haushälterinnen um mich herumgeschwirrt und haben mir jeden Wunsch von den Augen abgelesen. Jeden Tag Lieblingsspeise, wenn ich wollte. Jeder behandelte mich, als sei ich der König der Welt.« Er lachte schmerzerfüllt auf. »Vor lauter Einbildung habe ich überhaupt nicht gemerkt, dass ich in einem goldenen Gefängnis lebte. Dass meine Leibwächter mich nicht beschützten, sondern bewachten. Dass es nicht normal ist, sein Leben ausschließlich auf einem von fünf Meter hohen Stacheldrahtzäunen umschlossenen Gelände zu verbringen, egal, wie groß es ist, und nie einen Fuß nach draußen zu setzen. Dass es krank ist, wenn jeder Schritt, den man tut, von einer Überwachungskamera aufgezeichnet wird.«

»Meine Güte«, murmelte ich unwillkürlich.

Ich schwieg betreten. Auch Armand schien Erinnerungen nachzuhängen, wenn ich auch nicht hätte sagen können, welchen.

»Wie hat eigentlich alles angefangen?«, fragte ich schließlich.

Er ließ sich Zeit, ehe er anfing zu erzählen. »Ich bin in einem winzigen Nest in der Nähe von Avignon geboren und aufgewachsen. Normalerweise hätte sich nie jemand vom Institut dorthin verirrt. Als sich meine telekinetische Begabung zeigte, standen die Chancen gut, dass nie mehr daraus werden würde als eine dieser merkwürdigen Geschichten, die man sich mancherorts erzählt. Ein paar Leute hätten sich gewundert, aber heute wäre alles weitgehend in Vergessenheit geraten. Und meine Kräfte wären wahrscheinlich schon wieder verschwunden.«

»Verschwinden die denn wieder?«
»Ja, so viel weiß man inzwischen. Parapsychische Kräfte, die nicht geschult werden, verschwinden in der Regel nach dem Ende der Pubertät wieder.«
»Dann musst du ja gar nicht für immer untertauchen?!«
Armand schüttelte den Kopf. »Wie gesagt, das gilt, wenn diese Kräfte nicht geschult werden. Meine aber sind geschult und sie haben den stärksten Grad der Ausprägung erreicht, der je bekannt wurde. Sie werden nie wieder verschwinden.«
»Hätte ja sein können.«
»Keine Chance.«
Ich räusperte mich. »Wie muss man sich das vorstellen? Wie zeigt sich eine telekinetische Begabung?«
»Durch Zufall. Eines Tages brachte mir meine Mutter bei, wie man Mensch-ärgere-dich-nicht spielt. Und dabei stellte sich heraus, dass mein Glück mit Würfeln abnormal war. Ab dem Augenblick, in dem ich verstanden hatte, dass es bei diesem Spiel wichtig ist, im richtigen Moment die richtige Zahl zu werfen, fielen meine Würfel immer genau so, wie ich es brauchte. Und ab da habe ich nie wieder verloren. Es muss tödlich langweilig gewesen sein, gegen mich zu würfeln. Ich gewann jedes Mal mit haushohem Vorsprung. Meinen Eltern war ich ein Rätsel, aber da sich bald niemand mehr fand, der irgendein Würfelspiel mit mir gespielt hätte, geriet das auch wieder in Vergessenheit. Meine Freunde damals wussten natürlich

auch davon, bloß war das nichts, worüber wir uns die Köpfe zerbrochen hätten. Es funktionierte eben. Andere hatten andere Talente. Ein Junge in der Nachbarschaft konnte enorm mit den Ohren wackeln, ein anderer jonglieren, richtig mit vier oder fünf Gegenständen gleichzeitig, und einer war im Stande, eine Kirsche mitsamt Stiel in den Mund zu nehmen, das Fruchtfleisch wegzuessen und mit der Zunge einen Knoten in den Stiel zu machen, alles im Handumdrehen. Und mein Trick war eben das mit den Würfeln.«

»Wie alt warst du damals?«

»Um die sechs, sieben Jahre. Ich war gerade in der ersten Klasse.«

»Hast du Geschwister?«

»Ich habe zwei Brüder, beide jünger als ich und ohne jede telekinetische Begabung, falls du das meinst.«

»Und was passierte weiter?«

»Mein unerklärliches Würfelglück kam dem Lehrer zu Ohren. Du musst dir vorstellen, das war noch eine kleine Dorfschule, mit zwanzig oder dreißig Schülern, alle Klassen in einem Zimmer und von demselben Lehrer unterrichtet. Dieser gute Mann also hörte von meinem Trick, holte mich eines Tages vor an sein Pult und ließ sich vor der versammelten Klasse vorführen, was an den Gerüchten dran war. Ich dachte mir nichts dabei und warf die Zahlen, die er sehen wollte. Er staunte und stellte mir die Aufgabe, drei Würfel quer durchs Klassenzimmer zu werfen, und zwar so, dass alle drei die Sechs zeigten. Eine leichte Übung, fand ich. Ich schleuderte die Würfel mit aller Kraft quer durchs Zimmer, sodass sie in alle Richtungen davonknallten; einer flog durch ein offenes Fenster hinaus und blieb draußen auf der Straße liegen, mit der Sechs nach oben wie die beiden anderen auch. Der Lehrer war schwer beeindruckt. Er hielt uns allen einen langen Vortrag über die Wissenschaft der Parapsychologie, die die übersinnlichen Kräfte des Menschen erforsche, und er erklärte, das, was ich da könne, sei ganz ohne Zweifel eine übersinnliche Kraft; ich sei ein Medium, das die Telekinese beherrsche.« Armand seufzte, verharrte eine Weile in Gedanken versunken und meinte dann: »Er war einfach nur begeistert. Wahrscheinlich ahnte er nicht, was er damit bei mir anrichtete. Aber von dem Moment an, ab dem mein Talent einen wissenschaftlichen Namen hatte, fing ich an, mir etwas darauf einzubilden.«

»Oha«, machte ich.

»Ich protzte bei jeder Gelegenheit mit meinem Würfeltrick. Einmal kam ein Neuer in die Klasse und ich schloss mit ihm eine Wette, wer die höhere Zahl würfelte, dem müsse der andere einen Monat lang die Schultasche tragen. Er ahnte nichts Böses und verlor natürlich«, erzählte Armand. »Zu allem Überfluss gab mein Lehrer mir auch noch Bücher über Magie und Okkultismus und solchen Unsinn zu lesen, üble Schwarten, in denen von Geistern Verstorbener und von astralen Schwingungen die Rede war. Er hatte eine ganze Bibliothek von solchem Zeug. Das gab mir irgendwie den Rest. Ich fing an, spiritistische Sitzungen zu veranstalten, versuchte mich als Hellseher und Geisterbeschwörer, und wenn ich keine Lust hatte, rauszugehen und mit meinen Freunden ganz normal Fußball zu spielen – und im Lauf der Zeit hatte ich dazu immer seltener Lust –, dann entschuldigte ich mich mit schlechten kosmischen Schwingungen oder behauptete, meine mediale Gabe brauche Erholung. Und es gab nicht wenige Leute, die mir das sogar alles glaubten. Kurzum, ich wurde ein unausstehlicher, eingebildeter kleiner Fatzke, ein richtiges Ekel.«

»Und wurdest in der Schule immer schlechter, vermutlich.«

»Leider nicht, das hätte mich vielleicht noch gerettet. Aber ich schrieb im Gegenteil laufend die besten Noten und war felsenfest überzeugt, ein Supermensch zu sein. Ich spekulierte allen Ernstes, dass ich vielleicht von einem anderen Stern stammte und nur durch einen Unglücksfall auf die Erde verschlagen worden war oder dass ich der erste Vertreter einer neuen Art Mensch war, die eines Tages den *Homo sapiens* ablösen würde«, gestand Armand. »Befreundet war ich nur noch mit denjenigen, die von meiner Überlegenheit rückhaltslos überzeugt waren; den anderen würde ich es eines Tages schon noch zeigen.«

»Du musst damals ja wirklich widerlich gewesen sein«, schüttelte ich den Kopf.

Er lächelte. Das erste Mal, seit er zurückgekommen

war. Und das erste Mal so, dass man das Gefühl hatte, er freue sich. »Das hast du nett gesagt.«
»Wieso?«, wollte ich wissen.
»Weil es so klingt, als sei ich heute nicht mehr widerlich.«
In jeder anderen Situation und jedem anderen gegenüber hätte ich darauf mit einem schnippischen Witzchen reagiert, aber in diesem Moment konnte ich nicht anders, als auch zu lächeln und zu sagen: »Nein, heute bist du nicht mehr widerlich.«
Worauf er mich fassungslos ansah, aber nichts mehr sagte. Es war eine von diesen Sekunden, von denen man sagt, ein Engel gehe durchs Zimmer. Hier ging er durch ein Zugabteil.
Dann räusperte Armand sich. »Wie auch immer, damals jedenfalls war ich unausstehlich. Ich stelle mir vor, dass so etwas normalerweise nicht lange gut geht. Ich hätte es gebraucht, einen mächtigen Dämpfer verpasst zu kriegen. Stattdessen erlebte ich eines Tages den Triumph, von dem ich geträumt hatte, den Triumph, die Zweifler unwiderruflich von meiner Großartigkeit zu überzeugen und es den Neidern ein für alle Mal zu zeigen. Was natürlich zur Folge hatte, dass ich endgültig überschnappte.«
»Klingt übel.«
»War es auch. Mein Lehrer hatte – was niemand wusste – Briefe an alle möglichen staatlichen Stellen geschrieben und eines Tages betrat er das Klassenzimmer in Begleitung dreier vornehm gekleideter

Männer, die, wie er sagte, aus Paris kamen, von einem Institut für Parapsychologie, und eigens angereist seien, um den jungen Armand Duprée zu begutachten. Die ganze Klasse saß mit offenem Mund da und guckte mich an. Ich musste mitgehen in den kleinen Raum nebenan, in dem unser Lehrer unsere Schulhefte verwahrte und das Unterrichtsmaterial und so weiter, und mich untersuchen lassen. Sie hatten ein großes Gerät mitgebracht, das in einem abgeschlossenen Glaszylinder auf Knopfdruck würfelte, ohne dass jemand die Würfel in die Hand bekam, und sie sagten mir, ich solle versuchen, die Ergebnisse zu beeinflussen. Mit großen Formularen, auf denen sie alles festhielten, standen sie um mich herum, und ich tat, was sie verlangten. Etwas anderes hätte ich nicht gewagt. Anfangs klappte auch nichts, weil ich zu nervös war, aber beim zehnten Wurf oder so hatte ich endlich die fünf Sechsen, die sie wollten, und einer von ihnen sagte *C'est chouette!* und machte aufgeregt Notizen. Dann lieferte ich ihnen noch mal fünf Sechsen und noch mal, und auch mal fünf Dreien, als sie das wollten, und mit jedem Wurf gerieten sie noch mehr aus dem Häuschen. Schließlich sagten sie es unserem alten Lehrer, der sofort hinüber ins Klassenzimmer stürmte und es hinausposaunte: Ich sei das größte telekinetische Talent, das ihnen jemals begegnet sei.«

Kapitel 12 | Ich sog scharf die Luft ein. »Ich ahne schon, was dann passiert ist.«

»Ich wollte, ich hätte damals auch etwas geahnt. Stattdessen erzählte ich den dreien, nachdem sie mir meinen Ausnahmestatus sozusagen höchstamtlich bestätigt hatten, beiläufig, dass es mir zu Hause schon mehrmals gelungen war, abends das Licht in meinem Zimmer telekinetisch auszuschalten, indem ich mich auf den Schalter bei der Tür konzentrierte. Das versetzte sie vollends in Verzückung, und ich, kleiner Scheißkerl, der ich war, genoss es, neue Bewunderer gewonnen zu haben.« Armand rieb sich die Schläfen, als schmerze die Erinnerung daran. »Aber die beließen es eben nicht dabei, mich zu bewundern. Stattdessen rannten sie los und überredeten meine Eltern mich in ein Internat für parapsychisch begabte Kinder zu geben. Ich würde ein Stipendium erhalten. Meine Eltern stimmten natürlich zu.«

»Und du? Das klingt, als hätte man dich überhaupt nicht gefragt«, wunderte ich mich.

»Doch, aber weil ich erst nicht wollte, haben alle so lange auf mich eingeredet, bis ich dann doch ging. Du kennst das in Deutschland wahrscheinlich nicht, aber in Frankreich ist es nun mal enorm wichtig, auf den richtigen Schulen gewesen zu sein. Ein Stipendium, hör mal!« Er lachte unlustig auf. »Natürlich war es in Wirklichkeit überhaupt keine Schule, sondern die Tarnung des Instituts für militärische PSI-Forschung.«

»Aber deine Eltern haben dich doch bestimmt mal besucht, sich umgesehen und so weiter – haben die denn nichts bemerkt?«

Armands Blick wanderte unstet hin und her; er schien nach den richtigen Worten zu suchen. »Ich hab dir erzählt, wie sie mich in dem Institut eingewickelt haben. Als Zehnjähriger mit *Monsieur Duprée* angeredet zu werden . . . Ich bin förmlich geplatzt. Das ging so weit, dass ich mich mit *denen* verbündet habe – gegen meine Eltern! Ich hatte diese Idee, dass ich eine wichtige Person und die Arbeit im Institut von höchster Bedeutung für Frankreich, für Europa, ach was, für die ganze Welt war, so total geschluckt, dass ich mir zusammen mit den Agenten – also den Sicherheitsleuten dort – überlegt habe, wie wir meinen Eltern ein stinknormales Internat vorgaukeln, wenn sie zu Besuch kommen.«

»Nein!?«, entfuhr es mir. »Du Kotzbrocken!«

»Der Witz ist, dass ich damals, verglichen mit dem, was ich heute kann, ein telekinetischer Schwächling war. Praktisch konnte ich überhaupt nichts. Aber im Institut hatten sie schon einige Erfahrungen mit Telekineten. Sie quälten mich durch endlose Trainingsprogramme, die anstrengend und sterbenslangweilig waren. Aber mein Gerede über Geister und Astralstrahlen wurde nur noch müde belächelt, und mit einem Vorwand wie dem, ›medial erschöpft‹ zu sein, brauchte ich nicht zu kommen. Sie steckten mich jede Woche stundenlang in den Computertomografen, und ich glaube, es gibt keine Stelle meines Körpers, in die sie nicht irgendwann eine Nadel gesteckt haben. Ich bekam alle möglichen Medikamente verabreicht, weil sie wissen wollten, welche Mittel welchen Einfluss auf meine telekinetischen Fähigkeiten haben . . .«

»Echt, gibt's das? Ein Mittel, das telekinetische Fähigkeiten beeinflusst?«

»Klar. Alkohol ist das einfachste. Ich war mit zwölf Jahren das erste Mal volltrunken. Und siehe da, besoffen funktioniert Telekinese nicht. Große Erkenntnis.« Er schüttelte sich. »Wonach sie natürlich gesucht haben, war ein Mittel, das Telekinese *verstärkt*. Oder gar hervorruft. Aber da haben sie, soweit ich weiß, kein Glück gehabt.«

Ich ließ mir das alles durch den Kopf gehen. »Ich kann mir gar nicht vorstellen, wie so ein Training aussehen soll«, bekannte ich. »Was hast du da gemacht? Stundenlang Sechsen gewürfelt? Ich verstehe auch nicht, wie man vom gezielten Würfeln dahin kommt, Münzen schweben zu lassen oder Leuten die Halsschlagader zuzudrücken.«

»Ja, das ist ziemlich anders, als man sich das wahrscheinlich vorstellt. Man sitzt zum Beispiel stundenlang da und guckt nur einen Metallklotz an, der vor einem auf dem Tisch liegt. Oder man bekommt Tabletts vorgesetzt mit Vertiefungen, in denen lauter Tischtennisbälle liegen, die alle gleich aussehen, und man muss auf die zeigen, die mit Wasser gefüllt sind. Man übt sich Dinge *vorzustellen* . . . Das ist ziemlich schwer zu erklären.«

»Ah ja«, machte ich. »Und was soll das bringen?«

Armand beugte sich vor, die verschränkten Arme auf den Knien abstützend. »*Bien*. Erste Lektion für Telekineten: Telekinese ist kein unsichtbarer Arm. Nicht wahr, wenn man das so sieht, mit den Münzen zum Beispiel, dann denkt man, ein Telekinet hätte so eine Art unsichtbare Hand, die hunderte von Metern weit reicht und in die kleinsten Ritzen hineinschlüpfen kann, auch durch Wände oder Türverkleidungen oder menschliche Körper hindurch, wenn es sein muss.«

Ich nickte. »Ja. Das hast du mir auch so erklärt, als du den Spielautomaten ausgeräumt hast.«

»Stimmt. Da ging es mir darum, keine lange Diskussion anfangen zu müssen. Außerdem fühlt es sich manchmal tatsächlich so an. Trotzdem es *ist* nicht so, und dafür gibt es auch ein total einleuchtendes Argument.«

»Nämlich?«

»Dass jeder Telekinet mit Würfeln anfängt. Wie stellst du fest, ob du telekinetisches Talent hast? Du setzt dich an einen Tisch, würfelst ein paar Stunden lang, schreibst jeden Wurf auf und versuchst dabei, irgendeine Zahl – sagen wir, die Fünf – zu bevorzugen. Normalerweise kommt jede Augenzahl ungefähr gleich oft. Wenn du es also schaffst, jede Zahl an die hundert Mal zu werfen, die Fünf aber zweihundert Mal oder noch öfter, dann solltest du dich in Acht nehmen, wenn irgendwelche Leute von irgendwelchen Instituten bei dir auftauchen.«

Ich nickte. »Werde ich mir merken. Auch wenn es mich sicher nicht betrifft.«

Armand lehnte sich zurück. »Täusch dich nicht. Dieser Grad von telekinetischer Begabung ist relativ häufig. Ich schätze, in jeder Schulklasse sitzt mindestens einer, der das kann.« Er beugte sich wieder vor. »Aber wie sollte das funktionieren, wenn Telekinese ein unsichtbarer Arm wäre? Hast du schon einmal versucht, einen Würfel mit der Hand so zu werfen, dass eine bestimmte Zahl oben liegt?«

»Das geht nicht. Das ist ja gerade der Witz beim Würfeln.«

»Eben. Aber für einen Telekineten ist es leicht. Telekinese ist Macht über Materie. Allerdings muss man ein anderes Verständnis davon gewinnen, was das überhaupt ist, Materie. Einer meiner Trainingsleiter, ein hutzliger alter Vietnamese, hat das immer so erklärt: In Materie drücken sich gewissermaßen Absichten aus, die das Universum hat. Was ein Telekinet kann, ist im Grunde, den Absichten des Universums seine eigenen Wünsche entgegenzusetzen; ein Wörtchen mitzureden, sozusagen. Nehmen wir das Beispiel mit den Würfeln. Wenn ein Würfel fällt, hat das Universum in erster Linie die Absicht, ihn unten ankommen zu lassen – welche Zahl er am Schluss zeigt, ist ihm dagegen egal. Deshalb kann selbst ein schwacher Telekinet das Ergebnis des Wurfs beeinflussen, während man einen starken Telekineten braucht, um den fallenden Würfel in der Luft aufzufangen. Weil das heißt, die Absicht des Universums, ihn wie jeden anderen Gegenstand nach unten fallen zu lassen, zu durchkreuzen.« Armand musterte mich, als habe er so seine Zweifel, dass ich kapierte, was er da redete. Und was soll ich sagen? Er hatte sie zu Recht. »Und deshalb«, fuhr er schließlich fort, »können manche Leute nur dann die richtigen Zahlen würfeln, wenn sie spielen. Weil sie die Wettkampfsituation brauchen, um es wirklich zu *wollen*.«

»Hast du deshalb den Zug anhalten können? Weil du es in diesem Moment wirklich wolltest?«

Er grinste dünn. »Das war ein bisschen anders. Weißt du, Materie ist etwas sehr Beeindruckendes. Man *spürt* Materie, geht es dir nicht auch so? Und eine tonnenschwere Lokomotive mit ihren Waggons stellt nun mal ziemlich viel Materie dar. Ich konnte mir einfach nicht *vorstellen*, diese riesige Masse anzuhalten – und deshalb war ich auch nicht dazu im Stande. Erst, als mir die Idee kam, die Bremsen des Zuges zu betätigen. *Das* konnte ich mir vorstellen. Und weil ich es mir zutraute, konnte ich es auch.«

Ich überlegte. Ein beunruhigender Gedanke kam mir.

»Heißt das, dass nur dein Vorstellungsvermögen deine Kräfte begrenzt? Dass du, wenn du dir alles vorstellen könntest, auch alles vollbringen könntest?«
Ein schwer definierbarer Ausdruck trat in sein Gesicht. »Die Antwort ist: Ich weiß es nicht. Wenn diese Theorie stimmt, ja. Aber stimmt sie? Keine Ahnung. Abgesehen davon, kann man sich nicht aussuchen, wo die Grenzen des eigenen Vorstellungsvermögens verlaufen.«
Das wühlte mich plötzlich richtiggehend auf. »Aber es kann sich doch entwickeln, oder? Und wenn du eines Tages so weit bist, dass du dir vorstellen kannst, die Erde aus ihrer Umlaufbahn zu werfen, stürzen wir alle in die Sonne.«
»Die Leute im Institut haben eher in die andere Richtung gedacht. Ihnen schwebte vor, meine Vorstellungskraft dahin zu bringen, Atome miteinander zu verschmelzen. Die telekinetische Atombombenexplosion, mit anderen Worten. Und es ist erst ein paar Monate her, dass ich begriffen habe, wieso man mir jahrelang einen so intensiven Anatomieunterricht hat angedeihen lassen. Das war keine Vorbereitung aufs Abitur. Das war die Vorbereitung auf ein Dasein als perfekter Killer.«
Mir fiel sozusagen der Unterkiefer runter. »Sie wollten einen Killer aus dir machen?«
»Stell dir doch vor, wie praktisch das wäre. Ein missliebiger Diktator, der plötzlich eines unerklärlichen Todes stirbt. Und alles, was ich zu tun hätte, wäre, ir-

gendwo in der Menge zu stehen, die seiner Ansprache lauscht. Oder, wer weiß – vielleicht würde es sogar funktionieren, wenn ich zu Hause sitze und mir die Liveübertragung anschaue. Absolut unverdächtig, problemlos, friedenssichernd«, sagte er und fügte bitter hinzu: »Abgesehen davon, dass ich ein Mörder werden müsste.«

Seine Stimme war dünn geworden, hatte einen gepeinigten Klang angenommen. Ich starrte ihn an, bis auf den Grund meiner Seele erschüttert. Die ganze Zeit hatte ich geglaubt zu wissen, warum er floh und wovor. Aber eigentlich, erkannte ich in diesem Augenblick, fing ich jetzt erst an zu ahnen, worum es wirklich ging.

»Du hast vorhin gesagt, bis vor ein paar Wochen hätten sie dich fortprügeln müssen aus dem Institut«, sagte ich langsam und fragte behutsam weiter: »Was ist passiert?«

»Sie sind gekommen und haben gesagt ›Armand, es ist so weit, Sie müssen eingreifen, die Sicherheit Europas steht auf dem Spiel‹.«

Pause. Er starrte blicklos vor sich hin, schien alles noch einmal zu durchleben.

»Und?«, hakte ich schließlich nach.

Armand sah hoch, als erwache er aus einem Traum.

»Sie haben gesagt ›Es gibt da einen Mann, an den wir nicht herankommen und der zum Schweigen gebracht werden muss, unbedingt. Wenn er redet, bringt das unsere Organisation in größte Gefahr. Sie,

Armand, sind der Einzige, der uns helfen kann.‹« Er sah mich an. »Sie haben gesagt ›Helfen Sie uns‹, aber was sie eigentlich gemeint haben, war ›Töten Sie diesen Mann‹.«

Mir war, als müsse ich aufpassen, das Atmen nicht zu vergessen vor Entsetzen.

»Das ist . . . *schrecklich*«, flüsterte ich.

»Ja. Das ist es.«

Aber so schrecklich es war, ich konnte nicht anders, ich musste es fragen: »Was für ein Mann war das?«

Armand drehte sich um und zog die zusammengeknüllte Zeitung aus der Ablage herunter. »Du hast den Namen bestimmt schon gehört, er macht auch hier in Deutschland Schlagzeilen.« Er zerrte die Titelseite hervor, glättete sie halbwegs und hielt sie mir hin. »Hier. Jean-Marie Levroux.«

Ich beugte mich verdutzt nach vorn. Im dämmrigen Schein des Nachtlichtes sah ich die Schlagzeilen und daneben das Foto eines vielleicht sechzigjährigen Mannes, der eine altmodische schwarze Hornbrille trug. »Den Namen habe ich schon gehört.« Die Nachrichten hatten von nichts anderem berichtet. In den letzten Tagen hatte ich deshalb meine Ohren auf Durchzug gestellt, wenn der Name Levroux im Fernsehen gefallen war. »Aber ich habe ehrlich keine Ahnung, wer das ist und was die Aufregung soll.«

»Levroux ist ein ehemaliger Mitarbeiter des französischen Geheimdienstes. In ein paar Tagen beginnt vor einem belgischen Gericht ein Prozess gegen einige führende Mitarbeiter diverser europäischer Geheimdienste, die angeklagt sind, mit illegalen Drogen gehandelt und Milliarden in die eigenen Taschen gewirtschaftet zu haben. Levroux ist der Hauptbelastungszeuge, mit ihm steht und fällt die ganze Beweisführung. Deswegen sitzt er im Augenblick in einem Brüsseler Gefängnis in Schutzhaft«, erklärte Armand. »Und ein paar sehr mächtige Leute, darunter einige, die Einfluss auf das Institut haben, würden es schätzen, wenn er dort eines plötzlichen, aber unverdächtigen Todes sterben würde.«

»Und du solltest ihn umbringen!«

»Ja«, sagte Armand. Er faltete das Zeitungsblatt und stopfte es zurück in die Ablage. »Das war es, was vor etwas mehr als zwei Wochen passiert ist.«

Ich ließ mich ächzend rückwärts in die Polster fallen. »Ich glaube, an deiner Stelle würde ich mir wünschen, nie telekinetische Kräfte besessen zu haben.«

Er schüttelte beinahe entrüstet den Kopf. »Oh nein, ganz bestimmt nicht! Das habe ich mir noch nie gewünscht. Verstehst du, meine telekinetischen Kräfte sind ein Teil von mir. Sie *gehören* zu mir. Sie haben praktisch mein ganzes Leben bestimmt. Ohne sie wäre ich ein völlig anderer Mensch. Sie sind wie mein Sehvermögen oder mein Geruchssinn oder so etwas. Man kann sie nicht einfach von mir abtrennen. Wenn ich mir das wünschen würde, käme mir das vor, als würde ich mir wünschen, blind zu sein oder gelähmt.«

»Aber hast du nicht oft das Gefühl, ein Außenseiter zu sein?«
Er sah mich eigenartig an. »Ich *bin* ein Außenseiter. Das ist nicht nur ein Gefühl, das ist eine Tatsache. Das ist der Preis, den man zahlen muss, wenn man anders ist als die Leute um einen herum.«
Ich zögerte. »Scheint mir ein hoher Preis zu sein.«
»Ich habe es mir ja nicht ausgesucht«, sagte Armand. »Die Telekinese ist ein Talent, mit dem ich auf die Welt gekommen bin. Niemand hat mich gefragt, ob mir das recht ist. So, wie auch du nicht gefragt worden bist, ob dir deine Eltern zusagen oder das Land, in dem du geboren bist, oder was auch immer. Mein Pech ist nur, dass mein Talent *außergewöhnlich* ist. Nur deshalb ist man hinter mir her und versucht über mein Leben zu bestimmen.«
Wir schwiegen eine ganze Weile. Es ergab sich von selbst; ich wusste nichts zu sagen, er sagte auch nichts und meine Gedanken begannen zu wandern, bis Armand plötzlich auf seine Uhr sah und meinte: »Es ist schon spät. Du solltest versuchen ein bisschen zu schlafen.«
»Und du?«
»Ich werde Wache halten.«
Schlafen? Das war eine gute Idee. Ich war nur schon zu müde gewesen, um selber darauf zu kommen. In den letzten Stunden war ich von einer Aufregung in die nächste gehetzt worden, und wenn das in Dresden so weitergehen sollte, würde ich froh sein um jede

Stunde Schlaf. Ich klappte die Armlehnen auf meiner Seite nach oben, sodass ich mich auf der Sitzbank ausstrecken konnte, streifte meine Schuhe ab, zog die Tasche unter meinen Kopf und deckte mich notdürftig mit meiner Jacke zu.

Als ich einigermaßen bequem lag, war ich mir sicher, dass ich nicht würde schlafen können. Ich glaubte meine Nerven förmlich vibrieren zu spüren. Ich sah zu Armand hinüber. Er saß immer noch auf dem Platz neben der Tür und starrte gedankenverloren vor sich hin.

Nun ja, wenn ich schon nicht schlafen konnte, dann wollte ich mich wenigstens ausruhen; das war besser als nichts. Ich schloss die Augen und lauschte dem monotonen Geräusch der Räder.

Ich schlief tatsächlich nicht ein. Der Zug fuhr durch eine Stadt, farbige, unregelmäßige Lichtstreifen huschten geisterhaft über die Wände des Abteils, irgendwo in weiter Ferne war kurz ein Martinshorn zu hören, und der Zug wurde ein wenig langsamer. Ich verfolgte reglos, wie Armand aufstand und ans Abteilfenster trat, um hinauszusehen. Sein Gesicht war völlig ausdruckslos, und in dem diffusen, unruhigen Licht von draußen sah er plötzlich sehr fremdartig aus; wie ein Wesen von einem anderen Stern.

Ohne groß zu überlegen, fragte ich in die Dunkelheit und das Schweigen hinein: »Armand, bist du einsam?«

Er zuckte nicht zusammen oder so etwas. »Ich dachte, du schläfst.«

»Ich kann nicht.«

Er schwieg. Der Zug wurde wieder schneller, die Lichter von draußen tanzten rascher über die Wände, die Gepäckablagen und die Vorhänge und erloschen schließlich, und Armand stand immer noch am Fenster und starrte in die Nacht hinaus.

Ich wagte nicht, weiterzufragen. Vielleicht hatte ich wieder einen wunden Punkt berührt.

Und irgendwann siegten dann doch die Müdigkeit und das einlullende Rattern der Räder und ich schlief ein.

Aber es war ein leichter, traumloser Schlaf. Einmal wachte ich auf, ohne dass ich hätte sagen können, was mich geweckt hatte. Es war immer noch Nacht und der Zug fuhr immer noch gleichmäßig dahin. Armand saß mir gegenüber auf dem Platz am Fenster. Er war im Sitzen eingeschlafen.

Ich betrachtete ihn nachdenklich und die seltsamsten Gedanken gingen mir durch den Kopf. Er wirkte eigentümlich verletzlich, wie er so schlief. Niemand hätte bei seinem Anblick vermutet, dass er etwas Besonderes war, dass er diese unheimliche, unerklärliche Gabe besaß, deretwegen man ihn verfolgte.

Allmählich glaubte ich ihn zu verstehen. Jeder sah Armand, den Telekineten, und dieser Anblick war so faszinierend, dass man daneben Armand, den Menschen, völlig vergaß. Es musste so ähnlich sein wie bei einem berühmten Sänger oder Schauspieler, den Leute anhimmelten, ohne sich zu überlegen, dass er auch ein Mensch wie jeder andere war.

Aber – so jemand hatte auch Freunde und Vertraute um sich, die ihn wirklich kannten und ihn nicht auf ein goldenes Podest stellten. Armand hatte das nicht. Wahrscheinlich war er nach sieben Jahren in diesem Institut sogar für seine Eltern ein Fremder. Und außerdem, überlegte ich bedrückt, war Armand tatsächlich kein Mensch wie jeder andere.
Er musste entsetzlich einsam sein. So einsam, dass er es nicht einmal vor sich selber zugeben konnte. Diesem Dilemma würde er auch durch seine Flucht nicht entkommen, selbst wenn sie gelang. Er würde immer Armand, der Telekinet, bleiben.
Als meine Gedanken so weit gekommen waren, machten sie auf einmal einen Knoten.
Moment mal! Halt!
Wenn man es genau überlegte, war eigentlich *niemand* ein Mensch wie jeder andere. Jeder ist etwas Besonderes allein dadurch, dass er er selber ist. Niemand ist austauschbar. Niemand kann ersetzt werden. Jeder Mensch ist einzigartig.
Ich hatte das tröstliche Gefühl, dass diese Erkenntnis der Ansatz zur Lösung von Armands Problem war, aber ich kam nicht mehr dazu, genauer darüber nachzudenken, denn irgendwie verloren sich meine Gedanken und ich schlief wieder ein und der Zug bohrte sich unaufhaltsam weiter durch die Nacht.
Das nächste Mal erwachte ich, als auf einmal grelles Licht um mich herum war. Es ist Tag!, dachte ich, drehte mich träge und verschlafen auf der Sitzbank

und versuchte blinzelnd die Augen aufzubekommen.
Aber es war nicht Tag. Es war nur die Deckenbeleuchtung, die jemand eingeschaltet hatte. Ein großer, breitschultriger Mann stand über Armand gebeugt, und er merkte sofort, dass ich wach wurde, denn er drehte sich zu mir um und das Ding, das er mir vors Gesicht hielt, war ein Revolver.

Kapitel 13 | Ich glotzte erst den Revolver an, dann den Mann, und ich muss dabei ein ziemlich dummes Gesicht gemacht haben. Jedenfalls war ich noch zu verschlafen, um zu erschrecken oder aufzuschreien. Ich gehöre nicht zu den Menschen, die die Augen aufschlagen und sofort hellwach sind. Es dauert im Gegenteil immer eine ganze Weile, bis ich im Stande bin, Traumgestalten und Wirklichkeit auseinander zu dividieren, und in diesem Fall stellte sich heraus, dass der Mann keine Traumgestalt war und sein Revolver auch nicht.

Er zischelte etwas, das sehr bedrohlich und sehr gefährlich klang, bloß verstand ich kein Wort. Seine Waffe sprach eine deutlichere Sprache. Bestimmt wollte er, dass ich mich nicht rührte und auch keine Hilfeschreie von mir gab, und ich beschloss ihm zu gehorchen. Ich wusste zwar nicht, was hier gespielt wurde, aber zweifellos würde der Spuk im Nu vorbei sein, sobald Armand erwachte und seine telekinetischen Kräfte einsetzte.

Ich sah zu ihm hinüber und hatte plötzlich das dumpfe Gefühl, dass ich irgendetwas Wichtiges verpasst hatte. Armand hatte die Augen geschlossen, aber es sah nicht so aus, als schliefe er noch. Er stöhnte und keuchte und drehte unruhig den Kopf von einer Seite zur anderen, als habe er Schmerzen. Der Mann mit dem Revolver richtete sich auf und zog sich mit einem raschen Schritt zur Abteiltür zurück. Ich betrachtete ihn argwöhnisch. Er trug eine abgeschabte schwarze Lederjacke und war ein Schrank von einem Mann, mit welligem schwarzem Haar und Tränensäcken unter den Augen. Nicht mehr der Jüngste. Und er hatte diesen gefährlich aussehenden Revolver in den Pranken. Was ging hier vor? Was war mit Armand los?

Armand schlug mühsam die Augen auf und sein umflorter Blick glitt verständnislos und wie geistesabwesend von mir zu dem Mann und wieder zurück. Seine linke Hand wanderte unterdessen langsam an den rechten Oberarm, und als sie dort angelangt war, verzog Armand das Gesicht. Er schien tatsächlich Schmerzen zu haben, und zugleich schien er in die Wirklichkeit zurückzufinden. Sein Kopf ruckte herum, und er sah den Fremden in jähem Begreifen an.

»Antipsychen!«, stieß er hervor.

»Très bien, Monsieur Armand«, sagte der Mann und grinste hässlich. *»Enchanté de vous voir. Comment-allez vous?«*

Die Art, wie er sprach, hatte nur eine höchst entfernte Ähnlichkeit mit der, die man uns in der Schule unter der Bezeichnung Französisch beizubringen versuchte. Armand gab etwas von sich, das ich auch noch nie gehört habe und auch nicht verstand, doch eigentlich konnte es nur ein wüster französischer Fluch gewesen

sein. Dann redeten die beiden eine ganze Weile miteinander, aber derart knatternd schnell, dass ich nicht einmal ansatzweise mitbekam, worum es ging.
Schließlich, offenbar auf eine Anweisung des Mannes hin, wandte Armand sich an mich und erklärte: »Das ist Julien, einer der Sicherheitsleute des Instituts. Er will, dass wir jetzt mit ihm zum Schaffner gehen. Er hat mir nicht gesagt, warum, aber ich könnte mir denken, dass er per Zugfunk die Polizei verständigen und uns am nächsten Bahnhof festnehmen lassen will.«
»Ja, und?«, erwiderte ich irritiert. »Warum setzt du ihn nicht telekinetisch außer Gefecht?«
Armand sah mich unglücklich an. »Ich kann nicht. Er hat mir *Antipsychen* gespritzt, eine Droge, die mein Gehirn teilweise betäubt. Meine telekinetische Fähigkeit ist für die nächsten zehn bis zwölf Stunden gelähmt.«
Julien verstand anscheinend kein Deutsch, aber bei dem Wort »Antipsychen« zog er grinsend eine zerknautschte, durchsichtige Kunststoffampulle mit angeschraubter Injektionsnadel aus der Tasche. In der Ampulle war noch ein Rest einer klaren blassgrünen Flüssigkeit zu sehen.
»Und er hat es *schlecht* gespritzt, *nom de Dieu!«*, zischte Armand wütend. Er rieb sich den Arm, offenbar die Einstichstelle. *»Antipsychen* muss intravenös gegeben werden, aber dieser *fumier* hat mir die Nadel einfach in den Muskel gerammt.«
»Allons-y!«, sagte Julien und winkte befehlend mit dem Revolver.

»Imbécile!«, gab Armand zurück und kam schwerfällig auf die Beine. Er sah schrecklich aus, wirklich wie unter Drogen, und weiß wie eine Wand noch dazu.

»Müssen wir wirklich?«, flüsterte ich entsetzt.

»Ja«, erwiderte er leise. »Ich fürchte, ja.«

Julien zog die Tür zum Gang auf. Ich schlüpfte rasch in meine Schuhe, dann ging es hinaus, zuerst ich, dann Armand, und Julien in sicherem Abstand. Die anderen Abteile lagen alle dunkel da, in einigen waren die Vorhänge zugezogen. Falls außer uns noch jemand in diesem Wagen war, schien er jedenfalls nicht zu bemerken, was hier vor sich ging.

Wir bewegten uns langsam den Gang entlang, mehr taumelnd als gehend, weil der Zug gerade über eine sehr unruhige Strecke fuhr. Hinter mir hörte ich Armand mit schwerem, pfeifendem Keuchen atmen. Es klang, als bekäme er nicht genug Luft. War das eine Nebenwirkung des Mittels?

Eine Menge wirrer Gedanken jagte sich in meinem Kopf. Woher kam dieser unheimliche Julien so urplötzlich? War er zugestiegen, während Armand geschlafen hatte? Aber wann denn – der Zug hatte doch seit Nürnberg nicht mehr gehalten? Und wie hatte er uns im Zug aufspüren können? Dieses Mittel, dieses Antipsychen – Julien musste damit gerechnet haben, Armand hier zu finden, wenn er es dabeigehabt hatte. Aber warum war er alleine? Alles sehr verwirrend.

Auf jeden Fall näherte sich meine unfreiwillige Reise nun ihrem Ende.

Bloß konnte ich mich darüber nicht mehr freuen.
Ich öffnete die Tür zum Vorraum, wo uns Kälte und das dröhnende Fahrgeräusch empfingen. Mich fröstelte. Für mich war das Ganze letztendlich nur ein Abenteuer gewesen, von dem ich in der Schule erzählen konnte, und vielleicht würde eine Zeitung etwas darüber schreiben. Aber Armand würde wieder zurückkehren in das Institut, man würde die Sicherheitsmaßnahmen verstärken, und wer mochte wissen, was eines Tages aus ihm wurde.
Ich wollte gerade die Schiebetür zum nächsten Wagen öffnen, als ein Geräusch hinter mir mich herumfahren ließ. Es war Armand, der auf die Knie gefallen war und nun heftig würgend an der Wand lehnte, keuchend und mit von Panik erfüllten, weit aufgerissenen Augen.
»Armand!« Im Nu war ich bei ihm, hockte neben ihm, hielt ihn umfangen und hatte keine Ahnung, was ich tun sollte. *Ich hätte doch den Erste-Hilfe-Kurs besuchen sollen,* dachte ich hilflos. Dabei war kaum anzunehmen, dass irgendein Erste-Hilfe-Kurs einen auf den Umgang mit voll gedröhnten Telekineten vorbereitete.
Julien gefiel das alles überhaupt nicht. Er fuchtelte mit seinem Schießeisen herum und rief: *»Vas-y! Vas-y, pute!«* Ich hatte keine Ahnung, was das hieß, aber wie es aussah, sollte ich, anstatt mich um Armand zu kümmern, aufstehen und weitergehen.
»Écoutez!«, gab ich zurück, und dann kam ich schon

ins Stocken. Wie ging das noch mal? Was wollte ich sagen? »Es geht Armand schlecht.« Also, »schlecht«, das hieß *mauvais*. Aber galt das auch im Sinne von »es ist jemandem schlecht«? Nein, dafür gab es ein anderes Wort – *mal*, genau. Und weiter? Mein Hirn war leer. Verdammt, da hatte ich seit Jahren Französisch in der Schule, und wenn es darauf ankam, brachte ich nicht einmal einen einfachen Satz zusammengebastelt!

»Schlecht!«, schrie ich ihn also an und deutete auf Armand. »Es geht ihm schlecht, sehen Sie das nicht? *Mal! Très mal!*«

Julien knurrte etwas, mit zornig gefurchter Stirn über den tierhaften Augen. Irgendwo war da eine rasche Bewegung, und das nächste, was ich weiß, ist, wie ein Schmerz in meinem Gesicht explodierte und ich haltlos umherwirbelte, um schließlich gegen die Stirnwand des Waggons zu knallen.

»Scheiße«, murmelte ich, während ich an der stählernen Wand abwärts rutschte, mich seitwärts drehend und mit der Hand nach dem tastend, was mir da bedenklich feucht übers Gesicht lief. Blut. Ich blutete aus der Nase und die musste ich auch erst einmal abtasten, um sicher zu sein, dass sie noch da war.

Panik schoss durch meinen Körper wie glühendes Feuer, als ich Julien wahrnahm, der über den am Boden kauernden Armand stieg und auf mich zukam, kochend vor Wut, fluchend, die Pranke mit der Waffe erhoben zum nächsten Schlag. Ich hob abwehrend die

Hand, eine hilflose Geste, aber nein, nicht noch so ein Hieb!
In diesem Augenblick geschah es. Armand stieß die Luft wie unter einer gewaltigen Anstrengung aus, und mit einem alles erschütternden Knall sprang die Waggontür auf. Fauchend brach der Fahrtwind herein, erfüllte den Raum zwischen den Türen mit seinem Tosen, und ich drehte den Kopf gerade noch schnell genug, um zu sehen, wie Julien durch die offene Tür in die Nacht hinausstürzte. Er kam nicht einmal mehr dazu, einen Schrei auszustoßen.
Im nächsten Moment beugte Armand sich vornüber und erbrach sich auf den blanken Boden.
»Die Tür!«, keuchte er dann. »Mach sie zu, schnell!«
Ich begriff überhaupt nichts mehr. Der Fahrtwind dröhnte in dem kleinen Vorraum, zerrte an mir. Mit meinen blutigen Fingern nestelte ich ein Papiertaschentuch aus der Hose, betupfte mir damit das Gesicht, das sich richtiggehend taub anfühlte. Hatte Julien mir womöglich die Nase gebrochen? Keine Ahnung. Ich glotzte das Taschentuch an, blutgetränkt war es, meine Güte!
Armand erbrach sich noch einmal. Richtig, die Tür. Ja. Ich rappelte mich mühsam auf und langte nach dem Handgriff neben der dunklen Öffnung, durch die der Wind hereinschoss. Nur nicht loslassen jetzt. Ein schmaler Streifen fahlen Lichts fiel hinaus in die Nacht und beleuchtete dahinhuschende Büsche und Riedgräser und den Kiesschotter des Bahndamms. Ich

beugte mich vor, packte den Türgriff und zog mit aller Kraft. Der Fahrtwind war anderer Ansicht, wollte die Tür mit aller Kraft offen halten, aber irgendwie schaffte ich es, sie trotzdem zuzuziehen.

Das Tosen des Windes brach abrupt ab. Ich ließ mich gegen die Stirnwand fallen und musste erst einmal verschnaufen und mich um meine Nase kümmern. Sie blutete immer noch. Ich versuchte sie mit Daumen und Zeigefinger zusammenzudrücken, um die Blutung zu bremsen, und fischte mit der anderen Hand nach einem anderen Taschentuch.

»Was war das, Armand?«, fragte ich dabei nuschelnd. »Was ist mit Julien passiert?«

»Das hast du doch gesehen«, brachte Armand mühsam hervor. »Ich habe ihn hinausgeworfen.«

Ich sah ihn entsetzt an. »Du hast ihn umgebracht?!«

Er schüttelte schwach den Kopf. »Ach was.« Er stöhnte. »Julien ist stahlhart. Ehemaliger Legionär. Ausgebildeter Kämpfer. Ein paar gebrochene Knochen höchstens. Bewusstlos, vielleicht.«

»Ich dachte, deine Telekinese ist gelähmt? Durch dieses Mittel, dieses *Antipsychen?*«

Ein Zittern ging durch seinen Körper, als hätte er Schüttelfrost. Meine Güte, er war am Ende seiner Kräfte und ich hatte nichts Besseres zu tun, als ihn mit Fragen zu löchern! »Es . . . es wirkt nicht wie sonst«, stieß Armand hervor. »Weiß nicht, wieso. Vielleicht, weil er es falsch gespritzt hat. Als er dich noch einmal schlagen wollte, da habe ich . . . Ich weiß nicht, wie ich es gemacht habe.« Er schloss die Augen.

Ich betrachtete ihn besorgt. Er schien ernsthaft krank zu sein. Was sollte ich jetzt machen? Den Schaffner suchen, ihn bitten, den Zug nach einem Arzt abzuklappern? Aber was konnte ein normaler Arzt schon wissen über Dinge wie Telekinese und Gehirnbetäubung und Mittel wie dieses *Antipsychen*?

Der Zug – halt mal. Der Zug wurde langsamer!

Armand schlug die Augen auf und sah mich mit alarmiertem Blick an. »Der Zug bremst«, stellte er fest. Er schien Schwierigkeiten beim Sprechen zu haben. »Das Öffnen der verriegelten Tür hat wahrscheinlich ein Signal ausgelöst.« Tatsächlich hörte man jetzt ein verhaltenes Bremsgeräusch.

»Aber warum bremsen sie?«, wunderte ich mich.

»Je ne sais pas«, murmelte Armand. Er zog sich ein Stück rückwärts, weg von dem Erbrochenen, und versuchte sich an der Wand aufzurichten.

Vielleicht war das eine Vorschrift, überlegte ich dumpf. Dass die Zugbesatzung in so einem Fall verpflichtet war nachzusehen, was passiert war.

»Kannst du mir …«, begann Armand mit zunehmend undeutlicher werdender Stimme, »kannst du mir *bitte …?*«

Ich hatte genug von diesem lästigen Nasenbluten. Die Nase fühlte sich okay an, nicht gebrochen, also drehte ich eine Ecke des Papiertaschentuchs zusammen und stopfte mir das ganze Ding, so fest es ging, in das blu-

tende Nasenloch. So. Jetzt konnte ich erst einmal wieder beide Hände benutzen. Es gab gerade eine Menge zu tun, für das man beide Hände brauchte.
Der Zug wurde immer langsamer. Es sah tatsächlich so aus, als wolle er auf freier Strecke stehen bleiben.
»Meine Tasche«, brabbelte Armand. *»Bitte!«*
Ich umrundete vorsichtig die Pfütze Erbrochenes, bemüht, nicht allzu genau hinzusehen. »Was?«, fragte ich. »Was ist mit deiner Tasche?«
»Bitte hol sie mir.«
»Wozu das denn? Ich denke, ich bringe dich besser erst mal zurück ins Abteil, ehe der Schaffner oder sonst jemand auftaucht . . .«
»Nein!« Armand atmete keuchend, versuchte sich sichtlich zu konzentrieren. »Nein, ich muss aussteigen. Sobald der Zug hält. Ich muss fort, ehe sie kommen.«
»Aussteigen?« Ich schüttelte den Kopf. »Armand, du bist doch fix und fertig.«
Er holte Atem. »Das vergeht wieder. Sobald das *Antipsychen* sich in der Blutbahn aufgelöst hat, lässt es bestimmt nach.« Er sah mich an, lächelte verkrampft. »Tut mir Leid mit deiner Nase. Ich wollte, ich hätte dich besser beschützen können vor diesem . . . *Crétin.«*
»Halb so wild.«
»Es tut mir Leid«, wiederholte er hastig. »Alles, was passiert ist; dass ich dich gezwungen habe mitzukommen und so weiter. Ich wünschte, wir hätten uns unter anderen Umständen kennen gelernt, unter besse-

ren.« Er wirkte verlegen. »Das wollte ich noch sagen, ehe unsere Wege sich trennen. Für immer, fürchte ich.«

Ich starrte ihn an und spürte mein Herz auf einmal bis zum Hals heraufschlagen. Und plötzlich stand auch mein Entschluss fest. »Warte«, sagte ich. Dann hastete ich in unser Abteil, schnappte unsere beiden Taschen, stopfte eilig eine Keksrolle hinein, die wir nicht leer gegessen hatten und die noch herumlag, und raste mit allem zurück zu Armand.

Der Zug rollte immer noch.

»Was tust du?«, fragte er, bleich wie eine Wand.

»Ich werde nie wieder ruhig schlafen, wenn ich dich jetzt in diesem Zustand alleine in die Nacht hinausgehen lasse«, erklärte ich und hängte mir beide Taschen über die Schulter. »Also, wann hält dieser verdammte Zug endlich?«

Er schien noch etwas sagen zu wollen, doch es wollte ihm nicht über die Lippen kommen. Schließlich schluckte er, räusperte sich, sah sich um und meinte: »Ich würde ihn ja gern anhalten, aber mein Gehirn ist schon völlig taub.«

»Aber du bist sicher, dass wir hier rausmüssen?«

»Absolut. Wenn wir jede Menge Zeit hätten, würde ich dir auch erklären, warum.«

»Also gut«, seufzte ich. »Dann bin eben zur Abwechslung ich mal dran mit Zuganhalten.« Ich spähte hinaus in die Dunkelheit, aber da war nur Nacht; keine erleuchteten Straßen mehr, keine fahrenden

Autos irgendwo, kein Mond und keine Sterne am Himmel. Nur noch Finsternis, schwarz und undurchdringlich.
»Du?«, wunderte Armand sich. »Wie willst du denn das machen?«
»Jetzt merkt man doch, dass du noch nicht oft Zug gefahren bist in deinem Leben«, sagte ich und umfasste den roten Griff der Notbremse. »Im Gefahrenfall ziehen – Missbrauch strafbar«, stand auf dem rot lackierten Metallgehäuse, mit dem der Griff verplombt war. »Ich hoffe, wir fahren nicht gerade über eine Brücke.«
Ich zog. Die silbergraue Plombe zersplitterte und im selben Moment ging ein schrilles Kreischen von Metall auf Metall durch alle Waggons: die Bremsen. In dieser Sekunden wurden alle Fahrgäste entweder von dem durchdringenden, Nerven zerfetzenden Geräusch des bremsenden Zuges geweckt oder aber direkt aus ihren Schlafwagenbetten geworfen.
Durch das anhaltende Bremsgeräusch hindurch wurden auf einmal Stimmen laut, dann hörte man das dumpfe Trampeln von Schritten. Jemand kam. Jemand, der mindestens Fragen stellen würde, wenn nicht mehr.
Und der Zug bewegte sich immer noch.
»Raus!«, zischte Armand. »Die Tür!«
Ich presste den Türhebel hinab. Der Fahrtwind riss mir die Tür förmlich aus der Hand und ließ sie schwer gegen den Rahmen krachen. Immer noch huschten Kilometersteine und Grasbüschel durch den Licht-

streifen, der aus der offenen Tür fiel, mit einer Geschwindigkeit, die mir atemberaubend vorkam.
Armand war plötzlich neben mir, hielt die Haltestange gepackt und stieg die Trittstufen hinunter. Der Zug war immer noch schnell, als er sprang, und ich sprang, ohne zu zögern, hinterher.
Ich brach mir fast die Beine. Mir war nicht bewusst gewesen, wie unglaublich hoch so ein Eisenbahnwaggon in Wirklichkeit ist, wenn man nicht auf der bequemen Höhe eines Bahnsteigs aussteigt, und es kam mir wie eine Ewigkeit vor, die ich da durch die kalte Nachtluft flog, bis ich endlich unten ankam. Und dort riss mir eine unsichtbare Gewalt sofort den Boden unter den Füßen weg. Ich schrie auf, fiel hin, schürfte mir die Hände an scharfen Kiesbrocken auf, während über mir kreischend und schleifend das große dunkle Ungetüm von Zug dahindonnerte. Ein Alptraum.
»Marie!«, rief jemand. Armand. Ich rappelte mich auf, tastete nach meiner Umhängetasche. Es war alles noch da. Ich sah hoch, wo der riesige Koloß mit einem letzten eisernen Aufschrei zum Stillstand kam. Auf der ganzen Länge des Zuges gingen nacheinander die Lichter hinter den Fenstern an. Ich sah Leute verschlafen und beunruhigt aus ihren Schlafwagenabteilen auf den Gang treten.
»Marie.« Armand war neben mir. Er keuchte und erschrocken bemerkte ich, dass die Hand, mit der er mich an der Schulter fasste, zitterte. »Ist alles in Ordnung? Wir müssen hier weg.«

»Ja«, nickte ich. »Mir ist nichts passiert.«
»Dann komm.«
Wir rutschten und schlitterten den Erdwall des Bahndamms hinab und hasteten von da aus weiter, hinaus in die unbekannte Dunkelheit. Ich streckte die Arme aus, um nicht plötzlich gegen ein Hindernis zu rennen. Meine Füße raschelten durch hohes Gras. Eine Wiese. Der Boden war weich, fast sumpfig, als wären wir in der Nähe eines Sees. Man sah nicht die Hand vor Augen. Wenn irgendwo vor uns ein Abgrund gelauert hätte, wären wir unweigerlich hineingestürzt. Aber es lauerte kein Abgrund. Nach einer Weile wurde der Boden stark abschüssig, und gleich darauf spürten wir blanke, festgefahrene Erde unter den Schuhen. Ein Feldweg.
»Bleiben wir erst einmal hier«, meinte Armand heiser. »Wo bist du?«
»Hier«, sagte ich in die Schwärze.
»Gehen wir in Deckung, falls sie nach uns suchen.«
Seine Hand kam von irgendwoher, berührte die meine. Er war außer Atem.
Wir kauerten uns am Wegrand nieder und spähten in die Richtung zurück, aus der wir gekommen waren. Hell erleuchtet, stand der Zug in der Nacht. Jemand ging den Bahndamm entlang und leuchtete mit einer starken Taschenlampe umher. Fenster waren heruntergeschoben worden, Leute sahen heraus, und die aufgeregten Rufe und Fetzen ihrer Gespräche wehten bis zu uns herüber.

»Was die wohl denken, was passiert ist?«, überlegte ich.
»Etwas Falsches auf jeden Fall«, meinte Armand halblaut. Es schien ihm, nachdem die Anspannung vorüber war, wieder schlechter zu gehen. Erst jetzt kam mir die nächtliche Kälte zu Bewusstsein, die unangenehm in die Kleidung kroch, je länger man reglos blieb.
Na schön, wir hatten den Zug glücklich verlassen. Und? Nun hockten wir hier in der Dunkelheit und froren, wussten nicht, wo wir waren oder wo wir hingehen konnten, und Armand litt an den unbekannten Nebenwirkungen eines unbekannten Medikaments. Und ich kauerte am Boden und fühlte mich hilflos.
Ich starrte hinüber zum Zug. Die Waggontüre wurde zugezogen, ein Mann in einer Uniform marschierte den Gang entlang und sprach mit den Leuten, die herumstanden. Dann ruckte die ganze Wagenreihe plötzlich an und der Zug fuhr weiter, wurde rasch schneller und war gleich darauf verschwunden. Und wir waren allein.

Kapitel 14 | »Wir müssen hier weg«, sagte Armand matt. »Es kann nicht lange dauern, bis die Polizei auftaucht. Oder Schlimmeres.«

»Meinst du?«

»Sie werden die Bahngeleise absuchen, ob jemand aus dem Zug gestoßen wurde. Und ganz bestimmt werden sie den Vorfall nicht einfach auf sich beruhen lassen.« Ich hörte, wie er mühsam aufstand. »Und sobald Julien zu sich kommt, ist wahrscheinlich sowieso der Teufel los.«

»Du bist dir so sicher, dass er den Sturz überlebt hat. Dabei hatte der Zug da garantiert über hundert Sachen drauf.«

»Ach was, an Julien kann nicht viel kaputtgehen.«

»Bei der Geschwindigkeit? Ich meine, als ich gesprungen bin, hat der Zug schon fast gestanden, und es hat mich trotzdem ordentlich hingehauen.« Allmählich gewöhnten sich meine Augen an die Dunkelheit. Nur dass uns das nicht viel weiterhelfen würde. Die Dunkelheit über uns war einen Hauch weniger dunkel als die Dunkelheit um uns herum, das war alles. Wir würden trotzdem bei jedem Schritt Gefahr laufen, uns den Hals zu brechen oder den Kopf einzurennen. »Warum hast du ihn überhaupt aus dem Zug gewor-

fen? Du hättest ihn doch einfach betäuben können, wie die beiden Bahnpolizisten in Stuttgart.«
Ich hörte, wie Armand in seiner Umhängetasche kramte. »Zuerst wollte ich das auch«, erklärte er dabei. »Aber ich konnte ihn nicht mehr . . . spüren, verstehst du? Ich musste meine Kräfte auf etwas richten, das ich sehen konnte. Und es musste schnell gehen.«
Es klickte metallisch und gelbliches Licht stach plötzlich durch die Finsternis.
»Du hast eine Taschenlampe dabei?«, rief ich erleichtert.
»Ja«, meinte Armand und ließ den fahlen Lichtkreis über den Weg vor uns wandern. Verlegen fügte er hinzu: »Sie gehört deinem Vater.«
»Oh«, machte ich verdattert.
»Tut mir Leid.«
Ich seufzte und beschloss, mich auf das Nächstliegende zu konzentrieren. »Wohin sollen wir jetzt gehen? Wir wissen doch nicht einmal, wo wir sind.«
Armand hüstelte. »Deshalb spielt es auch überhaupt keine Rolle, wohin wir gehen«, meinte er. Er leuchtete ein wenig in die Runde, dann ließ er den fahlen Lichtfinger in eine Richtung leuchten, in der der Weg schräg von der Bahnlinie wegzuführen versprach. »Wie wär's damit?«
»Von mir aus«, sagte ich.
Armand ging voran, den Lichtstrahl der Lampe vor sich auf den Boden gerichtet. Eine Weile konnten wir dem Feldweg folgen, doch der endete kurz darauf in

einer Wiese. Es gab keine Abzweigung, auch keine Fortsetzung in Reichweite der Taschenlampe, also stapften wir einfach weiter, über weichen, unebenen Wiesenboden hinein in die Dunkelheit.

»Ich kenne Julien schon lange«, erzählte Armand irgendwann. »Er ist felsenfest davon überzeugt, dass er mich kennt, sich in mich hineindenken kann und so weiter, aber in Wirklichkeit ist er ein Idiot. Es muss schwierig sein, Leute für diese Sicherheitsjobs zu finden, denn die anderen halten ihn auch für einen Idioten und wären ihn schon längst gern los. Vorhin im Zug hat Julien mir natürlich alles erzählt, mir stolz auf die Nase binden müssen, was für ein toller Hecht er ist. Weißt du, wie in diesen Filmen, wo der Bösewicht dem Helden auch immer lang und breit seine finsteren Pläne erklärt. Julien hat in seinem Leben zu viele Gangsterfilme gesehen, wenn du mich fragst.«

»Na ja«, meinte ich misslaunig. »Immerhin hat er uns tatsächlich gefunden.«

Der Boden wurde fester und wir mussten einigen Bäumen ausweichen. Im Gehen entfernte ich behutsam das Taschentuchstück, das ich mir im Zug in die blutende Nase gestopft hatte, wobei ich Papiertaschentücher griffbereit hielt für den Fall, dass sie immer noch blutete. Aber das tat sie zum Glück nicht. Ich steckte das Päckchen zurück in die Umhängetasche.

Ich hatte keine Vorstellung davon, wie die Landschaft

aussehen mochte, durch die wir mehr stolperten als wanderten. Das Licht aus der Taschenlampe beleuchtete einen kleinen Kreis vor Armands Füßen und der Widerschein ließ einen die nächste Umgebung umrisshaft erahnen, aber ansonsten herrschte ringsum stockfinstere Nacht. Wo war eigentlich der Mond abgeblieben? Er musste hinter dichten Wolken verschwunden sein.

»Ja, zugegeben«, meinte Armand nach einer Weile. »Er hat uns gefunden.«

»Wie eigentlich?«

»Sie haben in Stuttgart die Leute vom Fahrkartenverkauf befragt und herausgefunden, dass wir Fahrkarten nach Dresden gekauft hatten. Das passte auch dazu, dass uns die beiden Wachleute vor dem ersten Zug nach Dresden aufgegriffen hatten. Damit waren die Ereignisse des Abends geklärt, alle waren zufrieden und man ist davon ausgegangen, dass ich etwas anderes versuchen würde. Nur Julien nicht. Er hat sich in mich hineingedacht und ist zu dem Schluss gekommen, dass ich es unter allen Umständen darauf anlegen würde, diesen zweiten Nachtzug zu kriegen. Womit er ausnahmsweise mal ins Schwarze getroffen hat. Weil er aber bei den anderen als *crétin* gilt, hat er niemandem etwas davon erzählt, sondern sich ganz allein in unseren Zug gesetzt und einfach gewartet. Er muss uns die ganze Zeit belauert haben, kannst du dir das vorstellen? Er hat abgewartet, bis wir beide schlafen, damit er mich mit dem *Antipsychen* überwältigen

kann. Er wollte es um jeden Preis alleine schaffen, um es den anderen zu zeigen.«
»Mir ist rätselhaft, wie er es geschafft hat, unbemerkt ins Abteil zu kommen«, gestand ich. »Ich meine, so eine Abteiltür macht doch immer einen Mordsrumms, wenn man sie aufzieht.«
»Da gibt es Tricks, und die haben sie ihm so eingebläut, dass selbst er sie draufhat. Mit einem Messer, einem Fläschchen Öl, einem Stück Draht und einem Feuerzeug vollbringt so ein Agent Wunderdinge, glaub's mir. Juliens Problem war, dass sein Handy nicht funktioniert hat. Ein Funkloch vielleicht, oder weil es ein französisches Modell ist, das zu den Netzen hier nicht kompatibel ist, oder vielleicht war er auch einfach nur zu doof. Jedenfalls war das der Grund, warum er uns aufgescheucht hat: Er wollte mit uns zum Schaffner und dessen Zugtelefon benutzen. Er konnte es nicht erwarten, die anderen anzurufen und seine Heldentat hinauszuposaunen.«
»Na toll«, meinte ich unlustig. »Und deswegen geistern wir hier durch die Nacht.«
Armand schwenkte den müden Lichtkegel in die Runde, was aber nur noch mehr Wiese erahnen ließ. »Ich verstehe das nicht«, bekannte er. »Irgendwann müsste doch mal wieder eine Siedlung auftauchen.«
Ich verstand es auch nicht wirklich. Jedenfalls stapften wir weiter, hintereinander und zunehmend schweigsam, und ich könnte beim besten Willen nicht sagen, wie lange. Manchmal beschlich mich das Ge-

fühl, es müsse jeden Augenblick die Sonne aufgehen, dann wieder kam es mir so vor, als könnten wir noch keine hundert Meter zurückgelegt haben. Ich war müde. Vielleicht bin ich im Gehen ein paar Mal eingenickt, ohne es zu merken.

Aber dann hörte ich plötzlich etwas, das mich im Nu wieder hellwach werden ließ. »Armand!«

Er blieb stehen und drehte sich um. »Was ist los?«

»Ich glaube, ich habe Hundegebell gehört.«

»Oh«, machte er. »Bist du sicher?«

»Ich weiß nicht«, gab ich zu. »Vielleicht habe ich es mir nur eingebildet.« Es war nichts dergleichen zu hören. Womöglich hatte ich im Gehen geträumt.

Armand schaltete die Taschenlampe aus. »Bleiben wir eine Weile stehen. Vielleicht hören wir es noch einmal.«

Wir standen vielleicht fünf Minuten regungslos im Dunkeln und lauschten angespannt, ohne mehr zu hören als das Rauschen des Windes. Aber dann hörten wir es beide: das Kläffen eines oder zweier Hunde, sehr weit entfernt, aber aus der Richtung, aus der wir kamen.

»Sie verfolgen uns mit Hunden«, zischte ich, unwillkürlich flüsternd.

»Ich habe mal gelesen, gut erzogene Suchhunde verfolgen ihre Spur ohne einen Laut«, murmelte Armand wie im Selbstgespräch. »Und man sieht keine Lichter oder so etwas. Die Hundeführer müssten doch Lampen tragen.«

»Vielleicht sind sie noch zu weit weg«, sagte ich. »Und vielleicht sind die Hunde nicht so gut erzogen.«

»Ich kann mir nicht vorstellen, wie sie unserer Witterung folgen sollen«, erwiderte Armand. »Wir haben doch nichts zurückgelassen, an dem sie riechen könnten, oder?«

»Nichts außer einem Abteil, in dem wir ein paar Stunden lang gesessen sind.«

»Oh ja, stimmt. Aber das ist unterwegs nach Dresden.« Er zögerte. »Sollte es zumindest sein.« Seufzend knipste er die Lampe wieder an. »Komm, gehen wir weiter.«

Wir setzten unseren Weg fort, leiser und vorsichtiger als vorher, und wesentlich eiliger. Armand hielt die Hand über die Taschenlampe, sodass nur noch ein schmaler Lichtstreifen auf den Boden vor uns fiel, gerade genug, um zumindest ein paar Schritte weit erahnen zu können, wohin wir unsere Füße setzten.

Das Bellen verlor sich erfreulicherweise nach und nach, doch dafür wurde in weiter Ferne ein anderes Geräusch allmählich lauter, ein röhrendes, verzerrtes Knattern, das mir zuerst überhaupt nicht auffiel, weil ich so angestrengt auf Hundegebell gelauscht hatte. Erst als Armand plötzlich stehen blieb, merkte ich, dass etwas nicht stimmte.

»Was ist los?«, fragte ich und bemerkte im selben Moment, was los war. »Hubschrauber!?«

»Ja«, sagte Armand und funzelte mit der Lampe über den Boden. »Jetzt brauchen wir ein Versteck.«

In der Dunkelheit war schwer auszumachen, woher

das wummernde Geräusch kam, doch als ich mich umschaute, sah ich sie – weiße und rote Lampen, die in der Nacht blinkten und sich unverkennbar auf uns zubewegten. Hubschrauber, drei Stück.

»Aber es ist stockfinster«, entfuhr es mir. »Die sehen doch nicht einmal, wohin sie fliegen.«

»In solchen Fällen tragen die Piloten Infrarotsichtgeräte, mit denen sie nachts so gut sehen wie am Tag«, meinte Armand. »Im Institut habe ich so ein Ding mal in der Hand gehabt.«

Ich nickte, was Armand natürlich nicht sehen konnte. Ich kannte das aus Filmen. Aber in Wirklichkeit damit zu tun zu bekommen war doch etwas anderes.

Der Lichtstrahl der Taschenlampe blieb an einer Art Busch hängen, unter dem man eine Vertiefung im Boden erahnen konnte. »Verstecken wir uns dort«, schlug Armand vor.

Wir huschten zu dem Strauch hinüber und krochen darunter. Die Äste und Zweige trugen ziemlich unangenehme Dornen; ein paar davon fuhren mir über die Backe und ritzten mir die Haut auf. Ich stieß ein verärgertes »Aua, verdammt!« aus, weil es wehtat. Als ich mir nervös die Lippen leckte, spürte ich einen salzigen Geschmack im Mundwinkel.

»Was ist los?«, fragte Armand.

»Ein paar dieser verdammten Dornen hätten mir fast ein Auge ausgekratzt.«

»Ich habe voll in welche hineingelangt. Wahrscheinlich blutet meine Hand.«

»Warte, nimm ein Taschentuch«, erwiderte ich, unwillkürlich schreiend im Lärm der näher kommenden Hubschrauber. Ich begann, in meiner Tasche nach der Packung Papiertaschentücher zu kramen, die ich vorhin noch gehabt hatte. Das Dröhnen der Rotoren wurde mit jedem Herzschlag lauter und versprach, demnächst unerträglich zu werden. »Hier!«, schrie ich endlich und streckte das Taschentuch dorthin, wo ich Armand vermutete. Und von irgendwoher berührte seine Hand die meine, tastete sich daran entlang, und ich hatte den Eindruck, dass sie zögerte, das Papiertuch zu nehmen und mich wieder loszulassen.

Die Maschinen flogen sehr tief und sehr langsam. Es war schwer zu schätzen, wie nahe sie an uns vorbeizogen, aber es waren bestimmt nur wenige hundert Meter. Wir sahen nicht nur ihre Positionslichter, es kam uns auch vor, als könnten wir die Umrisse der Hubschrauber gegen den dunklen Nachthimmel erahnen.

Doch sie zogen vorbei. Sie hielten nicht an, um zum Beispiel Suchscheinwerfer auf uns zu richten, sie drehten auch keine Schleife, um zurückzukehren und uns einzukreisen, sie flogen einfach so langsam und so tief davon, wie sie gekommen waren. Sie schienen uns nicht gesehen zu haben. Vielleicht hatten sie uns nicht einmal gesucht.

Es war unangenehm, in der Dunkelheit auf dem kalten, feuchten Boden zu liegen und bei jeder Bewegung gegen Stacheln und Dornen zu stoßen. Trotzdem blieben wir liegen, bis von den Hubschraubern nichts mehr zu hören und auch nichts mehr zu sehen war. Dann knipste Armand die Taschenlampe wieder an und begann behutsam unter dem Busch hervorzurobben. »Lass uns in dem Gebiet bleiben, das sie gerade überflogen haben«, meinte er im Aufstehen. »Sicher kontrollieren sie nicht zweimal dasselbe . . .«

Er hielt inne und ich sah, wie die Beine unter ihm wegknickten und er ohne einen weiteren Ton vornüber zu Boden sank.

»Armand?!« Ohne Rücksicht auf Dornen und Stacheln kroch ich ins Freie, eilte zu ihm und beugte mich über ihn. Er schien bewusstlos zu sein. Ich griff hastig nach der Taschenlampe, die ihm aus der Hand und ins Gras gefallen war, leuchtete seinen reglosen Körper ab. Flatternde Furcht erfüllte mich. Himmel, was machte man in so einem Fall noch mal? Es kam mir vor, als hätte ich schon hundertmal gehört, gelesen, gesagt bekommen, was man tun muss und was man nicht tun darf, wenn jemand reglos vor einem liegt, aber alles, was ich je gewusst hatte, war wie weggeblasen. Musste ich jetzt Mund-zu-Mund-Beatmung machen? Herzmassage? Musste ich ihn auf den Rücken drehen, oder durfte ich genau das unter keinen Umständen tun? Ich legte die Lampe wieder weg, nestelte an Armand herum, versuchte zu hören, ob er noch atmete.

»Lass nur«, hörte ich ihn da auf einmal murmeln. »Es

geht schon wieder.« Er schien wieder zu sich zu kommen.

»Du warst bewusstlos!«, rief ich erschrocken. So, wie ich es sagte, muss es wie ein Vorwurf geklungen haben.

»Nur ein kleiner Schwächeanfall.« Er schüttelte meine Hände ab. »Ich bin gleich wieder in Ordnung.«

»Es ist diese Droge, nicht wahr? Dieses Antipsychen. Verdammt, Armand, hör endlich auf, so zu tun, als gäbe es nichts, was dir etwas ausmacht. Du kannst nicht mehr so weitermarschieren, nicht in deinem Zustand!«

»Soll ich etwa hier liegen bleiben?«, erwiderte er matt und setzte sich mühsam auf.

»Natürlich nicht. Wir müssen irgendwo unterkommen, wo es warm ist und wo du dich ausruhen kannst, bis es dir besser geht . . .«

»Schön, und wo soll das sein?«

Ich hätte darauf gerne etwas gesagt, ich wusste nur nicht, was. Er hatte ja Recht. Es sah trostlos für uns aus. »Ich verstehe das nicht«, murmelte ich schließlich niedergeschlagen. »Bei uns zu Hause könnte man nie so lange in der Gegend herumlaufen, ohne auf eine Scheune, ein Haus oder wenigstens eine Straße zu stoßen.«

»Oder eine Polizeistreife.« Armand stand auf, etwas wacklig, aber er blieb stehen. Ich hob die Taschenlampe auf und wollte sie ihm wiedergeben, als ich sah, dass er die Hand ausgestreckt hielt, die Handfläche

nach oben gedreht, und zum schwarzen Himmel emporsah.
»Ich glaube, es fängt an zu regnen«, sagte er.
In dem Moment spürte ich ebenfalls die ersten Tropfen. »Na toll«, murrte ich. »Die ganze Welt gegen uns, und jetzt auch noch der Himmel.«
Armand gab einen unbestimmten Laut von sich und meinte: »Komm, gehen wir weiter. Irgendwo muss die Zivilisation schließlich wieder anfangen.«
Tatsächlich erreichten wir ein paar Minuten später einen schmalen, asphaltierten Weg. Mittlerweile war ich der Überzeugung, dass die Hubschrauber mit uns überhaupt nichts zu tun gehabt hatten; jedenfalls waren sie nicht zurückgekehrt, um zum Beispiel den nächsten Geländestreifen abzusuchen, wie man es bei einer Suche ja wohl getan hätte. Auch von Hunden war längst nichts mehr zu hören. Dafür regnete es immer stärker. Bald war meine Jacke durchfeuchtet, klebte mir die Hose klamm und kalt an den Beinen und ich spürte bei jedem Schritt, wie Wasser in meinen Schuhen quietschte.
Wir marschierten den Asphaltweg entlang, vorbei an Gestrüpp, dessen Zweige weit in den Weg hineinragten und wie schwarze Krakenarme nach uns zu greifen schienen. Immer wieder mussten wir großen Löchern im Belag ausweichen, in die ab und zu jemand ein bisschen Kies hineingeleert hatte, meistens aber nicht. Und bei all dem spürte ich, wie die Kälte mir in alle Gliedmaßen kroch.

»Man sollte meinen, dass so ein Weg nicht von nirgendwo nach nirgendwo führt«, meinte Armand nach einer Weile. »Irgendwann muss doch ein Dorf oder so was auftauchen.«
»Hoffentlich bald«, sagte ich. »Sonst erfrieren wir vorher.«
Armand brummte etwas, das im pladdernden Geräusch des Regens unterging. Dicke Regentropfen zerplatzten in dem gelblich glimmenden Lichtkreis aus der Taschenlampe, der vor uns über den Asphalt zitterte, zu winzigen Fontänen. Ich begann allmählich zu zittern vor Kälte. Mittlerweile hatte ich herzlich genug von diesem Abenteuer. Himmel, ich hätte jetzt in dem Zug nach Dresden sitzen können, in einem geheizten Abteil ganz für mich alleine! Wenn ich nicht so gefühlsduselig gewesen wäre, immerhin meinem Entführer in die Nacht und das Unbekannte hinterherzuspringen. Solche Gedanken gingen mir durch den Kopf und schienen einen seltsam sauren Geschmack auf der Zunge zu hinterlassen.
»Ein Haus«, sagte Armand plötzlich.
Ich spürte meinen Kopf wie von selbst hochrucken. »Wo?« Als wären seiner Stimme einige telekinetische Kräfte erhalten geblieben.
Es war keine Siedlung, kein Dorf, es war wirklich nur ein einziges Haus. Nein, nicht einmal ein Haus – ein Häuschen. Ein winziges Gartenhäuschen, unter einem großen Baum und hinter einigen Büschen versteckt, auf einem Grundstück, das sich am Rand eines

Ackers in die Gabelung von zwei Feldwegen gequetscht hatte. Ansonsten war weit und breit kein anderes Gebäude zu sehen. Es war sowieso nicht viel zu sehen in der Dunkelheit.
Wir standen an dem von Rankengewächsen überwucherten, verrosteten Drahtzaun und betrachteten das Anwesen im Schein der Lampe. Ich hatte natürlich schon Gartenhäuser gesehen; bei uns oben am Waldrand zum Beispiel gibt es eine ganze Kolonie von Schrebergärten, in denen an warmen Sommersonntagen immer jede Menge los ist. Doch die Gartenhäuser dort sind bessere Geräteschuppen, hölzerne Verschläge mit allenfalls einer Terrasse davor.
Dieses Häuschen dagegen sah aus wie ein richtiges Haus im Zwergenformat. Es wirkte, als habe einstmals jemand beim Bau eines richtigen Hauses ein paar Paletten Ziegelsteine, Dachziegel und einige billige kleine Fenster übrig behalten und daraus dieses niedliche Gebäude errichtet, damit seine Kinder darin spielen konnten.
Doch diese Kinder mussten inzwischen längst erwachsene Leute sein. Das Häuschen war alt und im Lauf der Jahre gründlich verwittert. Auf den Dachziegeln wuchs Moos so dicht wie ein Rasen, an den Hausecken bröckelte der grau gewordene Putz und von den schmalen, einst weiß gestrichenen Fensterrahmen war die Farbe weitgehend abgeblättert. Und alles, was auf dem kleinen Grundstück darum herumwuchs, musste schon seit Jahren dort wuchern, unbe-

helligt von Gärtnern oder anderen menschlichen Einflüssen.

»Sieht aus wie ein Puppenhaus«, murmelte Armand. »Ob jemand darin wohnt? Zwerge vielleicht?« Ihm schienen die gleichen Gedanken gekommen zu sein wie mir.

Mir war jedoch nicht nach Scherzen zu Mute. Wenn einem die Kleidung nasskalt auf der Haut klebt, wird man ziemlich rasch völlig humorlos. »Es sieht nicht bewohnt aus«, erwiderte ich. »Sicher ein Wochenendhäuschen oder wie man das früher genannt hat. Und sparsam gebaut. Wenn jemand da wäre, stünde ein Auto irgendwo oder zumindest ein Motorrad.«

»Das werden wir gleich genau wissen«, meinte Armand, stieg über den natürlich ebenfalls niedrigen Zaun und ging zu der kleinen Haustür, an der ein Klingelzug angebracht war. Es war bis auf den Feldweg zu hören, dass drinnen eine Glocke rappelte, als er an der Kette zog, aber nichts geschah.

»Niemand zu Hause«, stellte ich das Offensichtliche fest und stieg ebenfalls über den Zaun.

Armand bückte sich und beleuchtete das Klingelschild. »Nicht mehr zu entziffern.« Er richtete sich wieder auf. »Aber wem auch immer es gehört, heute Nacht taucht er sicher nicht mehr auf.«

»Also«, knurrte ich. Ich hatte wirklich genug von dem Regen. »Dann lass uns einbrechen.«

Kapitel 15 | Wir standen auf einer Art Terrasse aus grauen Steinplatten, von denen die meisten zerbrochen waren. Aus den Rissen und Ritzen spross munter allerlei Unkraut. In einer Ecke des Gartens stand eine leere Hundehütte, daneben eine verbeulte Blechbadewanne, randvoll mit Regenwasser. Alles wirkte verlassen, um nicht zu sagen: aufgegeben. Jede Wette, dass seit Jahren niemand mehr in diesem Haus gewesen war.

»Tja«, meinte Armand bedauernd. »Das ist nicht so einfach. Mein Hirn fühlt sich ganz matschig an. Bis ich meine telekinetischen Fähigkeiten wieder einsetzen kann, sind wir entweder erfroren oder vom Regen durchweicht.«

»Dann schlagen wir eben eine Scheibe ein«, erklärte ich unlustig.

Armand ließ den fahlen Lichtkegel durch den Regen wandern. »Wenn wir eine finden«, sagte er und ich sah, was er meinte: Vor allen Fenstern lagen robuste hölzerne Läden, offenbar von innen verriegelt. Ohne Werkzeug würden wir dem Haus, so alt es aussah, nicht beikommen.

Ich gab alle Flüche von mir, die mir in meinem Leben

je zu Ohren gekommen sind und die ich an dieser Stelle nicht wiederholen will.
Armand ging vor der Haustür in die Hocke und betrachtete das Schloss. »Ein Zylinderschloss«, stellte er fest. »Sieht ziemlich massiv aus. Die Leute scheinen Angst vor Eindringlingen gehabt zu haben.«
Nun musste ich doch lachen. »Sie haben ja auch allen Grund dazu.«
Er richtete sich wieder auf. »Vielleicht finden wir irgendwo einen Schlüssel«, sagte er und begann mit der Suche. Er hob die Fußmatte und leuchtete darunter, tastete die Oberkante des Türrahmens ab, spähte in die Blumentöpfe neben der Tür, aus denen nur noch kahle, trockene Stängel von irgendwas ragten . . .
»Wie kommst du darauf, dass da irgendwo ein Schlüssel sein soll?«, fragte ich unwirsch. »Das ist doch viel zu riskant.«
Armand schüttelte den Kopf, während er einen Blumentopf nach dem anderen hochhob in der Hoffnung, darunter einen Schlüssel zu finden. »Die meisten Leute riskieren für ihre Bequemlichkeit eine Menge. Stell dir vor, der Besitzer fährt hundert Kilometer bis hierher, um dann festzustellen, dass er den Schlüssel vergessen hat und wieder heimfahren kann. Das passiert ihm nur einmal; spätestens danach versteckt er irgendwo einen Reserveschlüssel. Und die meisten Verstecke sind keine vier Meter von der Haustür entfernt.«
Ich schlang die Arme um mich, was zwar nicht wärm-

te, aber trotzdem gut tat. »Klingt beeindruckend. Hast du einen Kurs bei der Polizei mitgemacht?«

»Kam mal im Fernsehen«, erwiderte Armand knapp.

Ich sah ihm zu, bis er mit den alten Blumentöpfen durch war, dann fiel mir ein: »Ist die Tür überhaupt verschlossen?«

Er sah mich verdutzt an. »Das wäre ja ein Ding«, murmelte er und drückte die Türklinke. Aber es war tatsächlich abgeschlossen.

»Hätte ja sein können«, meinte ich.

»Hilf mir lieber suchen.«

»Mir ist kalt. Und ich habe keine Lust, lange nach einem Schlüssel zu suchen, den es vielleicht gar nicht gibt.« Ich kann ziemlich unleidlich sein, wenn ich in der entsprechenden Stimmung bin, und ich war in der entsprechenden Stimmung.

»Dann lass es bleiben«, versetzte Armand gelassen und ging zu der Hundehütte hinüber, um ihr Inneres auszuleuchten.

»Warum suchen wir nicht irgendwas, das sich als Brechstange benutzen lässt, und hebeln eines der Fenster auf?«

»Durch ein Fenster einzubrechen ist eine Menge Arbeit, das kannst du mir glauben.«

Ich glaubte es ihm, blieb stehen, wo ich war, bibberte leise vor mich hin und tat mir Leid. Armand schien die Suche nach einem Schlüssel aufgegeben zu haben; jedenfalls ging er die paar Fenster ab und zog an den Läden, um zu sehen, ob einer vielleicht nachgab.

»Meine Tante klebt den Reserveschlüssel zu ihrer Wohnung immer mit einem Klebestreifen an die Unterseite eines Blumentopfs«, brabbelte ich vor mich hin. »Sie meint, ein Einbrecher hebt einen Blumentopf zwar hoch, um zu sehen, ob ein Schlüssel darunter liegt, aber er schaut nicht nach, ob einer am Topfboden klebt.«
Armand pfiff leise durch die Zähne. »Deine Tante hat gar nicht so Unrecht.« Er ging zurück zur Haustür und hob noch einmal einen Blumentopf nach dem anderen hoch. »Und sie ist nicht die Einzige mit diesem Trick. Hier ist ein Schlüssel.«
»Na endlich«, seufzte ich.
Er passte sogar. Armand schloss die Tür vorsichtig auf, öffnete sie einen Spalt weit und lauschte dann aufmerksam.
»Warte hier, während ich mich rasch umsehe«, sagte er und schlüpfte durch den Türspalt ins Innere.
Ich hatte aber keine Lust, länger als unbedingt nötig im Regen zu stehen, also folgte ich ihm, anstatt zu warten. Hinter der Haustür lag ein winziger Flur mit so niedriger Decke, dass ich das Gefühl hatte, mich bücken zu müssen. Um mir nirgends den Kopf anzustoßen, blieb ich, vor dem Regen geschützt, vorsichtshalber doch erst einmal stehen. Ich hörte Armand, wie er die Zimmer abging, Türen öffnete, Schubladen aufzog, und sah den Lichtstrahl der Taschenlampe durch die Dunkelheit geistern. Offensichtlich hatte er eine Menge Erfahrung darin, in anderer Leute Häuser einzudringen.

Es war unverkennbar, dass das Haus seit langem leer stand. Es roch dumpf, modrig, wie in einer Gruft oder einem Burgverlies. Sogar die Spinnweben, die ab und zu silbern in den Ecken aufleuchteten, sahen alt und staubig aus; die Spinnen hatten wohl auch längst das Weite gesucht.
Ich schloss die Tür und folgte Armand, mich an Wänden und Schränken entlangtastend.
»Niemand da«, ließ er sich vernehmen, tauchte von irgendwoher auf und richtete die Taschenlampe an die Decke, sodass der Flur in mattes Dämmerlicht getaucht war. Inzwischen sah man, dass die Batterien es nicht mehr lange machen würden.
»Niemand da«, wiederholte ich. »Das war doch klar.«
»Ja, aber es ist alles so eingerichtet, als könne jeden Moment jemand wiederkommen«, meinte Armand. »Jemand, der vor dreißig Jahren das letzte Mal hier war.« Er schwenkte die Lampe. Alles wirkte sehr altmodisch; der unebene, schwarz-weiß geflieste Fußboden, die verstaubte Blümchentapete, die einfachen, schäbigen Möbel, die von irgendeinem Dachboden zu stammen schienen.
»Es riecht jedenfalls wie in einem Familiengrab«, sagte ich. »Wir müssen erst mal alle Fenster aufreißen.«
»In der Küche steht ein Kohleofen, und Brennholz und Kohlen sind auch da«, erzählte Armand. »Das heißt, wir können nachher heizen. Falls wir trockene Streichhölzer finden.«
Ich nahm ihm die Lampe aus der Hand und ging erst

mal selber durch alle Zimmer, um jedes erreichbare Fenster zu öffnen. Das Haus war wirklich entzückend winzig. Es gab ein Wohnzimmer und ein Schlafzimmer, außerdem eine Toilette mit Plumpsklo und die erwähnte Küche, aber man konnte sich in den Räumen kaum umdrehen und die Möbel darin kamen einem alle riesengroß vor.

Bei einem der Fenster blieb ich eine Weile stehen, sah hinaus und versuchte die Umrisse des Gartens in der Dunkelheit auszumachen. Jetzt, da wir einen Unterschlupf gefunden hatten, ließ der Regen rasch nach – natürlich, so geht es ja immer, oder? – und selbst der Himmel schien nicht mehr ganz so schwarz und undurchdringlich zu sein wie bisher; an einigen Stellen schimmerte etwas, das der Vollmond sein mochte, der ja nach wie vor über den Wolken leuchten musste. Wie auch immer, jedenfalls erkannte ich die Silhouette eines verkrüppelten, windschiefen Baumes und ich erahnte die Gestalt der Büsche entlang des Zauns. Und über allem lag eine Stille, die einen daran zweifeln ließ, dass so etwas wie eine Welt jenseits des Gartenzauns überhaupt existierte.

Ein verwunschener Garten, dachte ich. Ein Ort, an dem die Zeit stillsteht.

Als ich in die Küche zurückkam, brannten auf dem kleinen Tisch drei Kerzen, die Armand irgendwo gefunden haben musste, und in ihrem Licht war er dabei, den Ofen anzuheizen. Ich sah ihm eine Weile dabei zu. Er schien das nicht zum ersten Mal zu machen. Als das Feuer schließlich tatsächlich brannte, wartete ich noch einen Moment, dann ging ich noch mal durchs Haus, um alle Fenster wieder zu schließen.

»Fließendes Wasser haben wir leider nicht«, erklärte Armand, als ich wieder in die Küche kam, die rasch angenehm warm wurde. Nach seinen Arbeiten am Ofen sah er einem Schornsteinfeger nicht unähnlich.

»Draußen steht doch diese Wanne voll Regenwasser«, fiel mir ein. »Die können wir hereinholen, damit wir überhaupt Wasser haben.«

Unter Mühen trugen wir die kleine Blechwanne herein und stellten sie in der Küche neben dem warmen, knackenden Ofen ab. In einem Schrank entdeckte ich einen vergessenen Kochtopf, mit dem Armand etwas Wasser herausschöpfte, um sich am Spülbecken den gröbsten Schmutz abzuwaschen.

Ich ließ mich auf einen der beiden Küchenstühle sinken und genoss es, endlich wieder zu sitzen und es warm zu haben. Ich beobachtete Armand träge, der irgendwo einen Rest uralte Seife und eine Wurzelbürste gefunden hatte und damit seine Finger bearbeitete, als wolle er sich zusammen mit dem Ruß auch gleich die Haut von den Händen schrubben.

»Wie geht es dir eigentlich?«, fragte ich nach einer Weile.

»Es geht«, erwiderte Armand und hielt inne, als horche er in sich hinein. »Ich glaube, es ist überstanden. Wahrscheinlich ist das Zeug inzwischen in der Blutbahn angekommen. Jedenfalls habe ich nur noch dieses taube Gefühl im Kopf, und das wird wohl bis morgen Mittag oder so anhalten.«

»Du scheinst dich gut auszukennen mit diesem Mittel.«

»Na ja. Ein wenig zu gut, wenn du mich fragst.« Er machte sich wieder über seine Fingernägel her. »Andererseits hat es so, wie es ist, auch Vorteile.«

»Kann mir nicht vorstellen, welche«, brummelte ich schläfrig.

»Antipsychen«, erklärte Armand bedächtig, »blockiert nicht nur meine telekinetischen Fähigkeiten. Es blockiert überhaupt alles, was mein Gehirn ausstrahlt. Soweit ich das verstanden habe, hat man keine Ahnung, warum und wie das funktioniert – nur dass es so ist.«

Ich sah ihn mit gefurchter Stirn an. Mein eigenes Gehirn kam mir gerade auch ziemlich blockiert vor. »Alles, was dein Gehirn ausstrahlt? Was heißt das?«

Armand schien mit dem Ergebnis seiner Reinigungsaktion zufrieden, legte die Bürste beiseite, ließ das Wasser ablaufen und sah sich nach einem Handtuch um. »Bei den Versuchen hat sich herausgestellt, dass Pierre meine Gedanken nicht lesen kann, wenn ich unter Antipsychen stehe. Einmal konnte ich mich sogar an ihn anschleichen und ihn erschrecken – das ist normalerweise völlig unmöglich.«

Ich sah ihn an mit einem eigenartigen Gefühl, von dem ich erst mit Verzögerung begriff, dass es Erleichterung war. »Das heißt, dank Julien sind wir jetzt unauffindbar?«

»*Exactement.*« Ein Handtuch war nicht zu finden. Armand trocknete sich die Hände an der uralten Küchengardine ab, so gut es ging, und setzte sich dann auch an den Tisch. »Nicht einmal, wenn Pierre im Hubschrauber direkt über uns hinwegfliegt. Ich bin die nächsten Stunden taub wie eine Nuss.«

»Vielleicht saß er ja in einem der Hubschrauber, die wir gesehen haben.«

»Ja. Und vielleicht sind sie deshalb weitergeflogen.«

»Toll«, sagte ich. »Ist doch toll, oder?« Vermutlich klang ich nicht gerade überschwänglich begeistert, aber zu größeren Gefühlsausbrüchen fühlte ich mich einfach nicht mehr im Stande.

»Auf jeden Fall können wir die Verschnaufpause gut brauchen«, meinte Armand. Irgendetwas ließ ihn stutzen und nachdenklich vor sich hin starren, so als sei ihm mit dem, was er gerade gesagt hatte, etwas herausgerutscht, das ihm zu denken gab.

»Was essen könnte ich«, sagte ich und griff nach meiner Umhängetasche, doch alles, was sich noch darin fand, war ein Müsliriegel von der Sorte, die bei uns eigentlich nur meine Mutter isst.

Armand förderte die fast leere Keksrolle zu Tage und eine vertrocknete Mandarine, der man ansah, dass die Jahreszeit für Mandarinen längst vorüber war. Er gab sie mir. »Du kannst alles haben«, meinte er. »Ich habe keinen großen Hunger.«

Ich schälte den Riegel aus seiner Verpackung und brach ihn in der Mitte durch. »Kommt nicht in Frage. Das kann man hervorragend teilen.« Ich riss die Keksrolle vollends auf. »Hier. Das sind noch zwei für jeden.«

Armand sträubte sich nicht weiter und so machten wir uns über unseren kargen Mitternachtsimbiss her. Danach schwieg er und ich hatte auch keine Lust mehr, viel zu reden. Stattdessen drückte ich gedankenverloren die Mandarinenschalen aus und beobachtete, wie die winzigen Tröpfchen zischend in den Kerzenflammen verbrannten. Ein angenehmer Orangenduft verbreitete sich in der Küche und überlagerte den allgegenwärtigen muffigen Geruch mit einem Hauch von Frische.

Armand starrte schweigend in die Kerzenflammen. Der gusseiserne Ofen knisterte gemütlich vor sich hin und hinter den Schlitzen der Ofentür flackerte feuerrot die Glut. Nach all den Strapazen war ich von einer wohltuenden Müdigkeit erfüllt, die mich mit jeder Minute schwerer werden ließ und mich wahrscheinlich demnächst hier am Tisch, auf diesem uralten, unbequemen, wackligen Küchenstuhl, einschlafen lassen würde.

»Alles ist so friedlich«, flüsterte Armand in die aufkommende Stille hinein. Es war wirklich friedlich. Und so still, dass man es kaum glauben konnte.

»Mmmhm«, machte ich.

»Vielleicht haben wir sie abgeschüttelt.«

»Mmmh, ja, vielleicht.«
Er zögerte. Ich konnte spüren, dass da etwas war. Ich war nur viel zu müde, um darüber nachdenken zu können, was es sein mochte.
Schließlich rückte er damit heraus. »Du weißt, dass es nur ein Schlafzimmer gibt?«
Ich nickte. »Ja.« Ein riesiges Doppelbett stand darin, mit dicken Federbetten, vor Jahrzehnten bezogen und seither nicht mehr benutzt, und darüber lag eine graugrüne Tagesdecke. Mich schauderte bei dem Gedanken, dass die Tagesdecke womöglich in Wirklichkeit knallgrün war und das Grau einfach nur Staub.
»Das kriegst natürlich du«, beeilte sich Armand zu sagen. »Ich werde im Wohnzimmer auf der Couch schlafen. Oder mir irgendwas aus Kissen auf dem Boden basteln, das ist kein Problem.«
Ich musterte ihn stirnrunzelnd. »Was geht denn in deinem Hirn gerade vor, wenn ich fragen darf?«
»Oh, nichts. Ich meinte nur. Man . . . man muss so was ja klären, oder?«
»Also, ganz ehrlich, mir ist das völlig egal. Ich bin so müde, dass ich auf einem Haufen Steine schlafen könnte.«
Armand nickte und versicherte, ihm ginge es genauso.
Irgendetwas im Klang seiner Stimme ließ mich trotz aller steinerweichenden Müdigkeit aufhorchen. Ich betrachtete ihn von der Seite. Er hatte doch irgend-

was. Irgendeinen Kummer, den er sich von der Seele reden musste.
Ich ahnte, was. Ein Kummer, an dem ich nicht ganz unschuldig war.
»Du denkst immer noch über das nach, was wir im Zug geredet haben, stimmt's?«, riet ich aufs Geratewohl.
Treffer, versenkt. Armand zuckte förmlich zusammen und sah mich mit so großen Augen so entsetzt an, dass ich heute denke, er hat mindestens ein paar Sekunden lang geglaubt, ich sei auch eine Telepathin.
Doch dann nickte er schließlich und bekannte: »Ja.«
Ich seufzte. Das war es also, tatsächlich. Eigentlich hatte ich vorgehabt, diese unangenehme Episode so bald wie möglich zu vergessen, aber irgendwie klappt so etwas bei mir nie. »Es tut mir Leid«, sagte ich einigermaßen hilflos. »Ich meine, was ich gesagt habe. Das war gemein.«
Armand sah mich an, unverkennbar verwirrt und in einem ganz anderen Film unterwegs. »Wie? Was du ...? Ach so, das. Nein, daran habe ich jetzt gar nicht gedacht. Das ist vorbei. Vergiss es.« Er zögerte. »Ich musste an das denken, was ich gesagt habe. Davor. Ich hätte das auch nicht sagen dürfen. Es tut mir Leid. Ich meine – ich wollte, ich wüsste etwas zu sagen, das sich nicht nach einer billigen Entschuldigung anhört. Es ist nur ... Ich will, dass du weißt ...« Er brach ab und sah mich hilflos an.
Ich weiß nicht mehr, welche verrückten Gedanken

mir in diesem Augenblick durch den Kopf schossen. Ich weiß nur noch, dass ich reglos dagesessen und Armand mit großen Kulleraugen angestarrt haben muss wie ein hypnotisiertes Kaninchen.

»Ja?«, brachte ich schließlich hervor, mit einer Stimme, wie ich sie noch nie von mir gehört hatte.

Er war kaum zu hören, als er endlich weitersprach. »Ich habe blöd reagiert. Ich . . . Es kam so überraschend für mich. Ich habe nicht viele Erfahrungen mit Mädchen. Eigentlich überhaupt keine. Ich war noch nie mit einem Mädchen so lange zusammen wie mit dir, weißt du? Ich bin das nicht gewöhnt. Ich habe keine Ahnung, wie man sich da benimmt. Ob ich etwas Richtiges oder etwas Falsches sage.«

Ich schwieg. Und ich spürte, dass sich die Härchen auf meinen Armen aufstellten.

»Als du gesagt hast, dass du . . . na ja, dass du mich vielleicht magst, da dachte ich einfach, du probierst einen Trick. Wirklich.« Er warf mir einen unsicheren Blick zu. »Im Institut habe ich nur zwei Arten von Leuten gekannt. Die einen haben mich bewundert, und die anderen hatten Angst vor mir. Verstehst du? Es kam mir völlig unwahrscheinlich vor, dass jemand mich *gern* haben könnte. Dass das für mich irgendeine Rolle spielen könnte. Das war etwas, was ich nur aus dem Fernsehen kenne.«

»Du meine Güte«, murmelte ich.

»Aber jetzt«, fügte er leise hinzu, »wollte ich dir nur sagen, dass ich dich gut leiden kann. Ich meine, darüber habe ich mir überhaupt keine Gedanken gemacht, als ich dich gezwungen habe mitzukommen. Ich habe nur an mich gedacht, an meine Flucht . . . ich wollte um keinen Preis wieder eingefangen werden. Aber jetzt ist es so, dass ich gern mit dir zusammen bin. Ich weiß nicht, warum. Es ist einfach . . . schön, dass du da bist. Verstehst du das?« Er sah mich an. »Ich meine, wir werden uns wahrscheinlich bald trennen, und ich weiß nicht, unter welchen Umständen das sein wird. Und deswegen wollte ich dir das rechtzeitig vorher gesagt haben.«

»Ja«, nickte ich mit einem Mund so trocken wie die Wüste.

Er zögerte. »Du hast wirklich keinen Trick versucht?«

»Nein. Das war kein Trick.«

»Mit anderen Worten, du hast das ernst gemeint?«

»Ja.«

»Und . . . gilt das immer noch, oder hat sich daran inzwischen etwas geändert?«

Wenn es um solche Dinge geht, können Jungs furchtbar umständlich sein, und irgendwie war es beruhigend, dass Armand trotz seiner übernatürlichen Kräfte da keine Ausnahme bildete. Aber auf diese Weise hätte es bis Sonnenaufgang weitergehen können, und so beugte ich mich einfach vor und gab ihm einen Kuss.

Kapitel 16 | Ich schlief traumlos wie ein Stein, und das Erwachen am nächsten Morgen war, als habe jemand einen Presslufthammer an die Felswand gesetzt. Ein dröhnendes Knattern zerriss meinen Schlaf, und als ich träge mit den Augen blinzelte, drang helles Licht unter meine Lider. Ich wälzte mich knurrend auf die andere Seite, aber das störende Geräusch blieb, ja, wurde sogar immer lauter ...

Ich merkte, wie jemand neben mir hochfuhr. Armand.

»Marie!«

Aber es war schon zu spät. Hinter den Fenstern waren plötzlich Bewegungen auszumachen, Schreie schallten durch den Garten, Stiefelschritte durch das Haus, dann wurde die Tür zum Schlafzimmer aufgetreten. Männer stürmten herein, in Lederjacken oder Regenmänteln, mit Pistolen bewaffnet, und noch ehe wir ganz wach waren, hatten sich die einen im Zimmer verteilt und die anderen sich auf Armand gestürzt. Sie packten ihn, zu viert, fünft, riesige Männer mit Bärenkräften, rissen ihn aus dem Bett und hielten ihn fest, dass er sich nicht mehr rühren konnte. Abgehackte Befehle auf Französisch gellten hin und her, von denen ich kein Wort verstand, und noch mehr Leute kamen herein, als ob das kleine Zimmer nicht schon voll genug gewesen wäre. Geheimdienstleute, schätze ich mal. Sie redeten auf Armand ein, der sie nur finster ansah und kein Wort sagte, gestikulierten aufgeregt herum und schienen insgesamt sehr nervös zu sein.

Ich zog mir unterdessen die Decke hoch bis ans Kinn und bemühte mich, klein wie ein Mäuschen zu sein. Erstens weil ich völlig entsetzt war – mein Herz wummerte wie ein Hammerwerk; noch nie im Leben war ich unsanfter aus dem Schlaf gerissen worden –, zweitens weil ich ... nun ja, sagen wir, *unvollständig bekleidet* war.

Ein Mann mit einer großen Ledertasche kam herein, ein Arzt offenbar, dem die Männer um Armand herum Platz machten, ohne Armand selber auch nur einen Moment loszulassen. Der Arzt griff nach Armands Arm, streckte ihn und sagte etwas zu einem seiner Aufpasser, der daraufhin schraubstockartig Armands Handgelenk packte und in der gestreckten Haltung festhielt. Unterdessen zog der Arzt ein Gummiband hervor und schnürte es mit einer geübten Bewegung um Armands Oberarm. Mit einem Spray und einem Tupfer desinfizierte er die Armbeuge, dann förderte er aus seiner Tasche eine fertig vorbereitete Spritze zu Tage, in der eine klare, grünlich schimmernde Flüssigkeit aufgezogen war: ohne Zweifel Antipsychen.

Ich sah Armand an. Er warf mir einen kurzen Blick zu, in dem zu gleichen Teilen Ratlosigkeit wie Bedauern zu lesen war. Er konnte sich offenbar auch nicht erklä-

ren, wie sie ihn gefunden hatten. Dann verfolgte er mit ausdruckslosem Gesicht, wie der Arzt die Spritze aus ihrer Schutzfolie schälte, sie ins Licht hielt, ihren Stempel hineindrückte, bis an der Spitze der Kanüle ein winziger Tropfen sichtbar wurde, und schließlich damit in die Vene der Armbeuge stach. Während der Arzt das Mittel langsam injizierte, beobachtete er unentwegt Armands Augen, und Armand schien die Prozedur gut zu kennen, denn er erwiderte den Blick des Arztes bereitwillig, ohne sich zu widersetzen.
Endlich war die Spritze leer. Der Arzt packte sie weg, drückte einen Tupfer auf die Einstichstelle, löste das Gummiband und fühlte noch rasch Armands Puls. Nach kurzem Zählen nickte er den Männern in den Regenmänteln zu, die daraufhin den Gorillas, die Armand gepackt hielten, ein paar rasche Befehle erteilten. Diese ließen ihn los, und im ganzen Zimmer schien die Nervosität spürbar nachzulassen: Armands unheimliche Kräfte waren bis auf weiteres zuverlässig ausgeschaltet. Und sie hatten ihn wieder eingefangen.
Ein hagerer, grauhaariger Mann betrat ohne sichtbare Eile das Zimmer, die Hände in den Taschen seines Mantels vergraben. Es schien sich um einen hohen Befehlshaber zu handeln, denn die anderen hatten es eilig, ihm Platz zu machen. Vor Armand blieb er stehen und betrachtete ihn mit undurchdringlicher Miene. Armand reagierte nicht, sondern starrte seinerseits nur reglos zurück.

Da kam hinter dem hageren Mann ein kleiner rothaariger Junge herein, den ich sofort wieder erkannte: Pierre, der Gedankenleser. Hinter ihm tauchten zwei hünenhafte Männer auf, wohl seine Leibwache.

Pierre sagte etwas auf Französisch, das ich nicht verstand, das aber sehr höhnisch klang, und Armand fauchte irgendetwas Verletzendes zurück, und im Nu war zwischen den beiden ein wütendes Wortgefecht im Gange. Der Hagere gab den beiden Leibwächtern einen Wink, worauf sie Pierre wortlos an den Armen packten und ihn mit sich zur Tür hinauszerrten, während er schrie und strampelte. Der Mann wandte sich derweil wieder an Armand und redete eine Weile auf ihn ein, und obwohl ich das meiste nicht mitbekam, verstand ich doch so viel, dass Julien gefunden worden und abgesehen von ein paar *blessures* wohlauf war. Außerdem war natürlich alles umstellt und gesichert und jeder Gedanke an Flucht chancenlos. Schließlich bückte sich Armand schwerfällig nach seinen Klamotten und begann, sich anzuziehen.

Jetzt erst schien der Hagere auch mich wahrzunehmen. Er musterte mich mit einem Blick, bei dem mir unbehaglich zu Mute wurde. »*Eh bien,* Marie«, sagte er seufzend und mit ausgeprägt französischem Akzent, »was machen wir mit Ihnen?«

Ich war etwas verdutzt, dass er meinen Namen kannte, aber vermutlich war das keine Kunst für jemanden, der erstens eine Geheimdienstabteilung befehligte

und zweitens Gedankenleser zu seinen Mitarbeitern zählte.
»Sie hat nichts damit zu tun«, warf Armand ein. »Ich habe sie gezwungen mit mir zu gehen.«
Der Hagere warf einen anzüglichen Blick über unsere Kleidungsstücke, die überall unordentlich herumlagen, und meinte trocken: »*Oui*, man sieht es.« Er schüttelte den Kopf. »Ich fürchte, als Armands Freundin und Komplizin werden Sie uns begleiten müssen. Ziehen Sie sich an.« Seinen Leuten bedeutete er Armand hinauszuführen.
Ich protestierte energisch, ich dächte überhaupt nicht daran, auch nur unter der Bettdecke hervorzukommen, geschweige denn mich anzuziehen, solange lauter Männer im Zimmer herumstanden. Wobei meine Entrüstung nur zum Teil gespielt war, denn mal ehrlich: Mit welchem Recht nahmen sich diese Leute hier eigentlich solche Unverschämtheiten heraus?
Aber da geriet ich bei dem Hageren an den Falschen. Er sah mich an, als sei ich ein besonders seltener Schmetterling, den er auf eine Nadel zu spießen die Absicht hatte. »Dies ist nicht der geeignete Zeitpunkt, um sich in Empfindlichkeit zu üben, junges Fräulein«, erklärte er mit gefährlich wirkender Ruhe, »und wir sind auch nicht in der Stimmung, besonders höflich zu sein.« Mit einer beiläufigen Handbewegung schickte er ungefähr die Hälfte seiner Männer hinaus.
»*Alors*, und jetzt ziehen Sie sich an, sonst kommen Sie so mit, wie Sie sind.«

Wütend angelte ich mir meine Sachen und zog mich so schnell an wie selten in meinem Leben. Der Hagere und auch die meisten seiner Revolvermänner schienen überhaupt nicht auf den Gedanken zu kommen, höflich beiseite zu sehen.

Als ich einigermaßen fertig angezogen war, nahmen mich zwei Männer in Lederjacken in ihre Mitte, als sei ich eine weiß der Himmel wie gefährliche Schwerverbrecherin, und führten mich auch hinaus. Ich staunte nicht schlecht, was rings um das kleine Gartengrundstück los war, das in der Nacht so still, einsam und verträumt im Niemandsland gelegen hatte. Auf den ersten Blick sah die Szenerie aus wie eine Jagdgesellschaft. Wenigstens drei Dutzend Männer standen weiträumig um das Haus verteilt, in dunkelgrüne Joppen oder Regenmäntel gekleidet, und jeder von ihnen trug ein Gewehr locker in der Armbeuge, als warteten sie nur noch auf die Ankunft der Hundemeute. Doch auf den zweiten Blick entdeckte man, dass sie alle Stöpsel im Ohr und ein Mikrofon vor dem Mund trugen und einen halben Elektronikladen am Gürtel. Auch die Lastwagen, die den Feldweg auf beiden Seiten blockierten, passten nicht recht ins Bild, genauso wenig wie die vier dunklen Limousinen, die auf dem Stück Asphalt dazwischen standen, ordentlich hintereinander wie die Wagenkolonne für einen Staatsempfang.

Eines der Autos wartete mit geöffnetem hinterem Wagenschlag und ich sah, dass Armand schon auf dem

Rücksitz saß, mit einem Bewacher zwischen sich und der anderen Tür. Man bedeutete mir einzusteigen.
Ich blieb störrisch stehen. »Unsere Taschen«, sagte ich. »Die müssen noch im Haus sein. Ich gehe nicht ohne diese Taschen von hier fort.«
Der Hagere musterte mich unwillig. »Was für Taschen?«
»Umhängetaschen. Die eine ist blau, die andere braun. Es sind eine Menge Sachen darin, die mir gehören.«
Es schien ihn allerhand Nachdenken zu kosten, ehe er sich zu einer Entscheidung durchrang. »Gut. Man wird sie Ihnen holen.« Er sagte wahrhaftig *'olen*. Mit einer knappen Geste winkte er einen seiner Männer heran, entfernte sich ein paar Schritte mit ihm und hatte ihm allerhand zu erklären, ehe der sich in Richtung auf das Gartenhaus in Bewegung setzte. »Sie bekommen Ihre Taschen«, sagte der Hagere, als er zurückkam. »Und nun steigen Sie ein.«
Also gut, kletterte ich eben in den Wagen. Armand warf mir nur einen kurzen, ausdruckslosen Blick zu, als ich mich neben ihn setzte. Er war blass. Ein Geschlagener. Ein Verlierer. Ich war froh, dass ich nicht wusste, was für Gedanken ihm jetzt im Kopf herumgingen. Es musste gerade trostlos in ihm aussehen.
»Es tut mir Leid«, sagte ich leise.
»Mir auch«, erwiderte er tonlos.
Der Mann, der bis jetzt tatenlos hinter dem Steuer gesessen und an einem Zahnstocher gekaut hatte, nahm

das Holzstück aus dem Mund und wandte sich um.
»Keine Unterhaltungen mehr«, verfügte er barsch.
Ich hätte ihm die Augen auskratzen können.
Ein zum Glück eher magerer Mann zwängte sich auch noch neben mich. Er hatte einen affig aussehenden Oberlippenbart und wild wuchernde Augenbrauen und stank derart nach Zigarettenrauch, dass mir fast schlecht wurde. Das konnte ja was werden!
Der Hagere schwang sich auf den Beifahrersitz und griff nach dem Mikrofon des Funksprechgeräts. Eine Weile sprach er in raschem, mir unverständlichem Französisch mit jemandem, dann drehte er an einem Schalter und fuhr auf Deutsch fort. Ich verstand trotzdem nicht, worum es ging, denn sie wechselten lauter Sätze wie etwa: »Meldung an Pfeil, wir sind bereit nach fünfzehn. Route neun-vier nach Lift-off Alpha südost, mit sechs Wagen. Restkommando Mikado sichert Fundort. Adler zurück, Falke bleibt, over.«
Als er fertig war, drehte er sich zu uns um. »Wir haben eine längere Fahrt vor uns. Wenn Sie etwas essen möchten, können wir Ihnen Sandwiches und Kaffee anbieten. Wir sind schließlich keine Unmenschen.«
Ich verzog das Gesicht. Der Mann wurde mir mit jeder Minute unsympathischer.
Der Wachposten neben Armand, ein stämmiger, kuhäugiger Kerl mit Spuren eines Sonnenbrands um die Augen, den er sich zweifellos kurz zuvor beim Skifahren im Hochgebirge zugezogen haben musste, beugte sich vor und öffnete einen kleinen Kasten an der

Rückseite des Beifahrersitzes, in dem sich vielleicht einmal eine kleine Bar befunden haben mochte. Er holte eine Tüte heraus, aus der er uns großzügig geschnittene Stücke belegter Baguettes reichte, dann griff er nach einer Thermoskanne und goss uns Kaffee in Plastikbecher.

Kaffee gehört sowieso nicht zu meinen Lieblingsgetränken, und diesen musste zudem jemand gemacht haben, der die Mengenangaben für Kaffeepulver und Wasser schlimm durcheinander gebracht hatte, so stark war er. Außerdem war das Gebräu nur noch lauwarm, was es umso grässlicher schmecken ließ. Das Sandwich hingegen war okay, aber ich konnte trotzdem nur appetitlos daran herumkauen. Was hatten diese Leute mit uns vor? Armand schien sie zu kennen; vielleicht waren es Wachmannschaften des Instituts. Mich wunderte, dass sie hier so einfach machen durften, was sie wollten.

Man brachte unsere Taschen. Immerhin, ich durfte einen Blick darauf werfen und bestätigend nicken, dass sie es seien, ehe sie im Fußraum vor dem Beifahrersitz verstaut wurden.

Dann wandte sich der Hagere mir zu und fragte unvermittelt: »Haben Sie mit ihm geschlafen?«

Ich war so perplex über diese dreiste Frage, dass ich erst mal überhaupt nichts zu sagen wusste. Ich starrte ihn nur an und konnte nicht glauben, dass er mich das tatsächlich gefragt hatte.

»Was?«, brachte ich schließlich heraus.

»Ich habe Sie gefragt, ob Sie mit Armand geschlafen haben.«

Tatsächlich. Er wollte es tatsächlich wissen. Ich holte tief Luft und sagte im ätzendsten Tonfall, der mir zu Gebote stand: »Das geht Sie einen verdammten Scheißdreck an.«

Er lächelte nur milde. »Im Falle einer Schwangerschaft wollen wir ein Wort mitreden, das werden Sie sicher einsehen«, erklärte er so ungerührt, als redeten wir hier gemütlich über das Wetter. »Wir halten es nämlich für möglich, dass Armands telekinetisches Talent eine vererbbare Eigenschaft ist.«

»Hören Sie schlecht? Ich habe weder Ja noch Nein gesagt. Ich habe gesagt, es geht Sie nichts an.«

»Sie scheinen vergessen zu haben, dass einer meiner Mitarbeiter Gedanken lesen kann. Ich brauche ihn nur zu fragen.«

Armand lachte trocken auf. »Glaub ihm nicht, Marie. Er weiß genau, dass Pierre in solchen Dingen immer lügt.«

Ich verstand nicht ganz, warum das so sein sollte, aber der wütende Blick, den der Hagere Armand zuwarf, war geradezu der Beweis, dass er Recht hatte. Ohne ein weiteres Wort wandte der Mann sich ab, schrie seinen wartenden Leuten ein missgelauntes *»Allons-y!«* zu, zog die Wagentür zu, schnallte sich an und schnauzte den Fahrer an: »Das gilt auch für Sie.«

Kapitel 17 | Rings um uns setzte sich alles in Bewegung und wir selbst auch. Mit ein paar umständlichen Vorwärts- und Rückwärtsmanövern in die Wiese hinein gab der Lastwagen vor uns den Weg frei, dann fuhr unser Konvoi an. Gleich darauf rasten wir in rücksichtslosem Tempo über die holprigen Feldwege, dem Stand der Sonne nach ungefähr Richtung Süden, überlegte ich noch, ehe mir endgültig schlecht wurde. Manchmal vertrage ich Autofahren nicht gut, zum Beispiel, wenn ich nach viel zu kurzen Nächten von bewaffneten Überfallkommandos aus dem Bett geholt und von grauhaarigen Geheimdienstleuten unverschämt behandelt werde und dazu auch noch einen Kaffee trinken muss, der wie Gift schmeckt. Gut, vielleicht lag es auch an anderen Dingen, aber jedenfalls heute war wieder so ein Tag. Ich musste mich so weit es ging nach hinten lehnen, sonst wäre mir zweifellos alles, was ich vorhin hinabgewürgt hatte, wieder hochgekommen.

»Was ist mit dir?«, fragte Armand.

»Mir ist schlecht«, erwiderte ich mühsam.

»Gardez le silence!«, kam es sofort barsch von vorn. Seid still. Also waren wir still. Wenigstens rückte mein Bewacher ein Stück zur Seite, bloß leider änderte

das nichts daran, dass er stank wie eine ungelüftete Kneipe.
Im weiteren Verlauf der Fahrt war ich jedenfalls nicht im Stande, besonders auf die Gegend zu achten, durch die wir kamen. Irgendwann nach einer Zeit, die mir endlos vorkam, gelangten wir zumindest von den Feldwegen auf richtige Straßen, was schon mal ein Fortschritt war. Jede Menge Bäume, ab und zu ein Haus und hin und wieder andere Autos sausten vor den Fenstern vorbei. Ich lag die ganze Zeit, zusammengekauert und halb vom Polster gerutscht, auf meinem Platz und lauschte dem Rumoren meiner Eingeweide.
»Marie?«, fing der Hagere irgendwann wieder an. Er schien seine schlechte Laune überwunden zu haben. »Das hier ist doch Ihre Tasche, nicht wahr?« Er hielt meine braune Umhängetasche hoch. Die andere stand noch zu seinen Füßen.
Ich bestätigte matt – warum auch nicht? – und fügte hinzu: »Genau genommen gehören mir beide Taschen. Beziehungsweise meinen Eltern.«
»Ja, aber diese hier haben Sie bei sich getragen, oder?« Er nahm sie auf den Schoß und zog den Reißverschluss auf, um hineinzusehen!
»He!?«, protestierte ich. »Sie haben nicht in meiner Tasche herumzuwühlen.«
Er hörte sofort auf damit, wandte sich um und betrachtete uns mit spöttischen metallschwarzen Augen. »Ich wette, Sie fragen sich schon die ganze Zeit,

wie wir Sie gefunden haben. *N'est-ce pas, Monsieur Armand?* Julien hatte den wenig erfreulichen Einfall, Ihr Gehirn zu betäuben und Sie dennoch zu verlieren. Sie waren in Sicherheit. Trotzdem haben wir Sie aufgespürt. Wissen Sie, wie?«

Armand gab ein unwilliges Schnauben von sich. »Über Marie vermutlich«, meinte er tonlos.

Der Hagere schien höchst amüsiert. »*Exactement*. Zwei Menschen, allein in einer wahren Einöde, von denen der eine für Pierre nicht aufspürbar war, *c'est vrai* – aber der andere. Sie, Marie. Sie haben an Armand gedacht. Sie haben sehr intensiv an ihn gedacht.« Er schnurrte beinahe, als er fortfuhr: »Und damit haben Sie ihn verraten, Marie.«

Ich starrte ihn an, bemüht, seinem Blick standzuhalten, aber ich spürte dabei etwas wie ein Brennen hinter den Augäpfeln. So ein Mist! Daran hatten wir tatsächlich nicht einen Moment gedacht.

»Armand, Armand«, meinte der Hagere und schüttelte dabei kummervoll den Kopf, als sei er der leidgeprüfte Vater eines schwierigen Sohnes. »Sie haben uns sehr viel Kummer gemacht mit Ihrem törichten Verhalten. Haben Sie wirklich geglaubt, Sie könnten uns dauerhaft entkommen? Armand, ich bitte Sie, das ist fast eine Beleidigung. Sie kennen doch unsere Möglichkeiten.«

Ich hörte Armand neben mir geräuschvoll einatmen. Ich sah zu ihm hoch, wollte seinen Blick erhaschen, aber er sah nur finster geradeaus, ins Leere.

»Vierzehn Schließanlagen unbrauchbar«, fuhr der

Hagere fort. »Siebenundfünfzig zerstörte Videokameras. Das hintere Tor des Instituts – kaputt. Ich gebe zu, dass Sie den unterirdischen Versorgungsgang kennen, damit hätten wir rechnen müssen – aber Armand, die arme Felicita! Sie hat immer noch einen Schock von den hässlichen Gedanken, mit denen Sie sie zum Schweigen gebracht haben. Ich bitte Sie, das Mädchen ist erst sieben Jahre alt.«

Ich glaubte, es feucht glänzen zu sehen in Armands Augen. Verstohlen griff ich nach seiner Hand, drückte sie und spürte, als er die meine zurückdrückte, auf einmal die durch nichts gerechtfertigte Zuversicht, dass noch alles gut werden würde. Irgendwie.

»*Et en plus, Armand* – Sie haben uns gekränkt mit Ihrem Verhalten«, fuhr der Hagere fort. »Mit dem Misstrauen, das daraus spricht. Viele der Leute, die für Sie gearbeitet haben, fühlen sich sehr verletzt, das können Sie sich sicher vorstellen.« Er sah Armand an und wiederholte: »Sie können sich das doch vorstellen, Armand, oder?«

»*Oui*«, nickte Armand widerwillig.

Ich fand den plötzlichen Mitteilungsdrang des Mannes auf dem Beifahrersitz gelinde gesagt merkwürdig. Es hatte den Anschein, als sei ihm die Fahrt langweilig geworden und als hätte er deshalb beschlossen uns zu zeigen, was für ein toller Hecht er war. Dass mir unübersehbar schlecht war wie nur was, schien er nicht einmal zu bemerken, oder wenn, dann kümmerte es ihn nicht.

»Ich muss Ihnen noch etwas erzählen«, fuhr der Hagere im Plauderton fort. »Etwas, das mit Ihnen zu tun hat, Armand, und mit Ihrer kleinen Freundin. Sie werden es interessant finden, glaube ich.«

Ich vergaß beinahe meine Übelkeit. Was um alles in der Welt sollte *das* jetzt?

»Wir erhielten einen Anruf, mitten in der Nacht«, erzählte er. »Claudes Mobiltelefon klingelte, doch zu hören war nur ein ungeheurer Lärm. Während wir noch rätselten, was das zu bedeuten hatte, ließ der Lärm nach, und wir hörten Stimmen. Ihre Stimme, Armand. Und die Stimme eines Mädchens, die wir nicht kannten. *Noch* nicht.«

»Hä?«, machte ich. Ich verstand kein Wort.

Der Hagere packte meine Tasche, schob sie nach hinten und Armand auf den Schoß. »Machen Sie sie auf, Armand. Schauen Sie hinein, was Sie darin finden.«

Armand rührte sich nicht, saß nur da und starrte ihn steinern an.

»*Allez-y,* Armand, öffnen Sie die Tasche«, drängte der Mann.

Was sollte das alles? Ich rutschte ein Stück höher auf meinem Sitz, so weit, wie es sich mit meinem Brechreiz vereinbaren ließ, und sah irritiert zwischen dem grauhaarigen Mann und Armand hin und her.

»*Comme vous voulez*«, meinte der Hagere finster und zog die braune Tasche wieder zu sich nach vorn. Er griff hinein und zog, auf Effekt bedacht wie ein Zauberer, der ein Kaninchen aus dem Hut holt, ein schmales graues Handy hervor, das ich noch nie im Leben gesehen hatte. »Das kennen Sie, *n'est-ce pas, Armand?* Ein Mobiltelefon, wie es unsere Sicherheitsleute benutzen. Dieses gehört Julien.«

Armands Hand in meiner fühlte sich plötzlich kalt und schlaff an, wie ein Stück toter Fisch.

»Das haben Sie mir reingeschmuggelt!«, platzte ich heraus. »Das haben Sie in meine Tasche tun lassen, vorhin, ehe wir losgefahren sind!«

Der Geheimdienstler beachtete mich überhaupt nicht. »Julien hat sein Mobiltelefon verloren. Er dachte, bei seinem Sturz aus der Waggontür, aber wir wissen jetzt, er muss es im Zug verloren haben. Denn Ihre kleine Freundin, Armand, hat es gefunden. Es war noch eingeschaltet, sie brauchte also keinen PIN-Code. Sie hat es eingesteckt, bei passender Gelegenheit die Wahlwiederholung gedrückt und das Gerät einfach angelassen. Der Letzte, mit dem Julien telefoniert hatte, war Claude gewesen. Der Lärm, den wir hörten, war das Geräusch von Hubschraubern. Es bedurfte nur einer Anfrage bei der Luftüberwachung, um herauszufinden, wo in dem fraglichen Gebiet Hubschrauber unterwegs waren. Aus deren Flugroute und Geschwindigkeit sowie dem Zeitpunkt des Anrufs konnten wir mühelos ermitteln, in welche Richtung Sie beide sich bewegten. Genau genug für unsere Bedürfnisse.«

Armand sagte nichts. Er rührte sich auch nicht. Alles, was er tat, war, mit schrecklicher Langsamkeit meine Hand loszulassen.

»Das ist gelogen«, rief ich. »Das ist nicht wahr. Das haben Sie sich ausgedacht.«

»Ah, vrai?«, versetzte der grauhaarige Mann. »Wir haben alles mit angehört. Armands Schwächeanfall. Wie Sie das Haus gefunden haben. Sie, Marie, haben gesagt: ›Dann lass uns einbrechen.‹ Wir haben alles gehört, weil Sie das Telefon in der Tasche hatten und es die ganze Zeit eingeschaltet war.« Er hob es hoch. Sein Display war blind. »Sehen Sie? Über Nacht ist es leer gelaufen.«

Für einen Moment verschlug es mir die Sprache. Für einen Moment zweifelte ich an meinen eigenen Erinnerungen.

Der Hagere lächelte wie jemand, der bei einem Kartenspiel einen Stich gemacht hat. *»Armand, dites-moi.* Dass sie Juliens Telefon in der Tasche hatte, das haben Sie nicht gewusst, Armand, habe ich Recht?«

Armand schüttelte den Kopf. *»Non«*, sagte er tonlos. *»Pas du tout.«*

Auf einmal begriff ich, was hier gespielt wurde. Warum der Hagere Armand diese Lügen auftischte. Sie hatten uns gefunden, weil es Pierre gelungen war, meine Gedanken aufzuspüren. So weit, so schlecht. Bloß ging es darum überhaupt nicht.

Was der grauhaarige Geheimdienstler wollte, war, Armand wieder einzuwickeln. Er wusste, dass sie keine Chance hatten, Armand auf Dauer in ihrem Institut festzuhalten, wenn es gegen seinen Willen war – deshalb musste er Armands Willen beeinflussen. Ihn wieder in das alte Spiel hineinziehen. Ihn überzeugen, dass in Wirklichkeit sie seine besten Freunde waren, die Einzigen, denen er wirklich vertrauen konnte. Ihn so weit bringen, dass er freiwillig mit ihnen zurückging.

Das war der Grund für diese ganze Geschichte. Er wollte uns auseinander bringen. Armand sollte sich von mir betrogen und verraten fühlen. Er sollte *ihnen* wieder vertrauen.

Und für sie zum Mörder werden.

Kapitel 18 | Inzwischen war der Konvoi in eine Stadt geraten. Da ich kaum auf die Umgebung geachtet und das Ortsschild nicht gesehen hatte, weiß ich nicht, in welche, nur dass gerade Mittagszeit war und Berufsverkehr, denn wir gerieten in einen Stau und blieben stecken. Alte Häuser und neu errichtete Geschäftshäuser drängten sich am Rand der viel zu engen Straße, jede Menge roter Ampeln war da und Reklametafeln und Fußgänger in Eile, die zwischen den wartenden, qualmenden Autos hindurch die Straßenseite wechselten, und wir mittendrin.

»*Qu'est-ce qui se passe?*«, brummte der Hagere und spähte unleidig hinaus. »Sagen Sie«, wandte er sich dann an den Fahrer, »dieser Wagen hat kein Blaulicht, wie?«

Der Mann am Steuer schüttelte den Kopf. »Zu riskant,«, sagte er. »Darf in Deutschland nur die Polizei und so weiter benutzen.«

»*D'accord.*« Der Hagere zog eine kompliziert gefaltete Landkarte aus dem Türfach, griff nach dem Mikrofon des Funkgeräts und fing an, mit irgendjemandem auf Französisch zu beratschlagen.

Ich war immer noch völlig durcheinander und meine Gedanken schlugen Haken wie Kaninchen auf der

Flucht vor einer Hundemeute, aber ich konnte von meiner Position aus die Bewegungen sehen, die er mit dem Finger auf der Karte machte. Anscheinend ging es darum, eventuell die Fahrtroute zu ändern. Ich schaute genauer hin und entdeckte, wohin die Reise gehen sollte: über die tschechische Grenze.

War das nicht eigenartig? Wieso über die Grenze? Und wieso über *diese* Grenze? Wäre nicht der sinnvollste Weg der zum nächsten Flughafen gewesen, um Armand nach Frankreich zurückzufliegen?

Das konnte nur bedeuten, dass die Agenten, die Männer, die uns aufgestöbert, überfallen und fortgeschleppt hatten, *illegal* in Deutschland waren. Nur dann ergab diese Fahrtroute Sinn. Es ging ihnen darum, Armand so schnell und unauffällig wie möglich aus Deutschland herauszubringen. Und es erklärte, warum sie davor zurückschreckten, sich mit Blaulicht freie Bahn zu verschaffen.

Der Hagere palaverte noch immer. Ich griff nach Armands Hand, umklammerte sie so fest, dass er zusammenzuckte und mich ansah, ungehalten, aber er sah mich an, hörte mir zu. »Alles, was er angeblich gehört haben will, hat in Wirklichkeit Pierre in meiner Erinnerung gelesen«, raunte ich ihm zu. »Julien konnte sein Handy im Zug nicht benutzen. Wahrscheinlich war sein Akku schon eine ganze Weile leer. Du kannst mir glauben oder ihm, aber wenn du ihm glaubst, wird er dich so weit bringen, dass du Levroux tötest.«

Armand blinzelte, schien wie aus einer Art hypnotischer Starre zu erwachen. »Was?«
Durch die Bewegung, die er machte, streifte mein Unterarm die Tasche meiner Jeans und einen kleinen, zylindrischen Gegenstand darin, und mir fiel das Fläschchen Parfüm wieder ein, das ich gestern Abend eingesteckt hatte, als Waffe für den Notfall.
Ich richtete mich auf, sah hinaus, sah das Gewimmel der Menschen draußen. Vor einem großen Kaufhaus wehten lange bunte Fahnen, die Sonderangebote verhießen. Unser Wagen kam immer noch nur schrittweise voran.
Ich konnte ...
Ich würde ...
Ich ließ Armands Hand los, langte in die Tasche, zog den Parfümkolben heraus. Alkohol. Das war eine Waffe. Und so, wie der Kerl neben mir stank, eine absolut gerechtfertigte.
Im praktisch gleichen Augenblick fing vorn am Funkgerät, das vor dem Beifahrersitz unter dem Armaturenbrett montiert war, ein rotes Licht an hektisch zu blinken. Einige Sekunden später kam ein nerviges Schnarrgeräusch dazu.
Der Hagere bat seinen Gesprächspartner um einen Moment Geduld und drehte an dem Schalter, der die Frequenz wechselte. »*Quoi?*«, fragte er kurz angebunden.
Eine aufgeregte, helle Stimme drang krachend und für mich völlig unverständlich aus dem Lautsprecher.

Doch ich erkannte zumindest, wer da sprach, und es jagte mir Schauder über den Rücken.
Es war Pierre.
Auf einmal war mir klar, dass ich nur noch Sekunden Zeit hatte, das zu tun, was mir gerade eingefallen war. Ohne Zweifel hatte Pierre meinen Plan in meinen Gedanken gelesen und war im Begriff, seinen Boss zu warnen.
Ich drehte mich zu dem Bewacher neben mir um und sagte zu ihm: »Ich muss mich übergeben!« Dabei tat ich, als würde ich ihm jeden Augenblick auf den Schoß kotzen.
Er fuhr entsetzt zurück, presste sich gegen die Wagentür, dass sie auszubeulen drohte, und fing an, neben sich nach irgendetwas zu suchen, Spucktüten vermutlich. Doch da hatte ich meinem Parfümfläschen schon mit einem Ruck den Zerstäuberkopf abgebrochen und schüttete ihm den Inhalt – fünfundzwanzig Milliliter *Freedom* – mitten ins Gesicht.
Mit einem Schmerzschrei fasste er sich in die Augen. Ich langte über seinen Schoß hinweg nach dem Türhebel. Ein Ruck, und die Tür ging auf. Mit aller Kraft stieß ich den Mann hinaus, sprang selber hinterher und rief Armand zu: »So renn doch!«
Und Armand rannte. Sein Bewacher wollte ihn noch packen, aber Armand entglitt ihm irgendwie, kam wie ein Kastenteufelchen aus dem Auto geschossen und flitzte im nächsten Augenblick in halsbrecherischem Zickzackkurs zwischen den langsam rollen-

den, bremsenden, hupenden und stehenden Autos davon.
Eine Sekunde später wimmelte es um mich herum von Männern mit Pistolen in Händen. Mehrere Hände ohne Pistolen packten mich an den Oberarmen und Handgelenken, bemüht, mich in den Wagen zurückzudrängen, von überall her wurden Befehle auf Französisch gebellt, und unter den Blicken zahlloser Passanten hasteten Männer in Lederjacken, ihre Pistolen deutlich sichtbar erhoben, über die befahrene Straße und Armand hinterher. Ich hatte ihn aus den Augen verloren, glaubte ihn noch einmal für einen Moment zwischen den Menschen vor dem Eingang des Kaufhauses zu sehen. Dann war er verschwunden.
Wildes Gehupe ringsumher und quietschende Vollbremsungen. Der Hagere stand, das Mikrofon am Spiralkabel vor dem Mund, in der offenen Tür und herrschte mich an: »Steigen Sie endlich wieder in den Wagen!« Autofahrer kurbelten Scheiben herunter, reckten ihre Hälse, Schaulustige scharten sich am Straßenrand. Ich dachte nicht daran, einzusteigen.
Mein Bewacher hatte sich aufgerappelt und stand fluchend, fast heulend abseits, sich die Augen reibend. Jeder, der ihm näher als drei Meter war, rümpfte die Nase. Bestimmt duftete er überaus apart.
»Das wird Folgen für Sie haben!«, rief der Hagere mir quer über das Autodach zu.
Ich zuckte mit den Schultern. »Verklagen Sie mich doch.«

Aus dem ersten Wagen des Konvois stieg ein anderer Mann aus, ein wieselhaft wirkender, untersetzter Kerl mit auffallend kleinen Augen und starker Körperbehaarung.

»Was ist mit Pierre?«, rief er. »Kann er ihn nicht aufspüren?« Er hatte einen ausgeprägten hessischen Akzent. Ein Franzose war das jedenfalls nicht.

Der Hagere schüttelte finsteren Blicks den Kopf. »Armand steht unter Antipsychen, selbstverständlich. Seine Gedanken sind im Augenblick nicht deutlicher wahrnehmbar als die eines Goldfischs. Unter all den Leuten ist es aussichtslos.«

Mein Herz machte einen Sprung. Das hieß, dass Armand gute Chancen hatte, zu entkommen! Himmel, wie ich ihm das wünschte.

»Und das Mädchen? Weiß sie, was er vorhat?«

Das Mädchen? Meinte der etwa mich damit?

Der Hagere brabbelte etwas in sein Mikrofon und bekam aus dem Lautsprecher etwas zurückgebrabbelt. Dann sagte er: »Pierre sagt, sie hat keine Ahnung, was Armand vorhaben könnte. Sie weiß, dass er vorhatte, von Dresden aus über die Grenze nach Polen zu fliehen. *Pour le moment* vermutet sie ihn im Kaufhaus, weil sie ihn in dem Eingang an der Ecke gesehen zu haben glaubt.« Die helle Kinderstimme Pierres brabbelte etwas hinterher. »Und sie hofft sehr, dass er entkommen wird.«

Eine Gänsehaut kroch mir prickelnd den Rücken hoch, als ich das hörte. Bisher hatte ich nur gesagt bekommen, Pierre könne Gedanken lesen. Dies war das erste Mal, dass ich es tatsächlich hautnah miterlebte. Und ich hatte nichts gespürt, gar nichts! Keine schleimigen Finger, die mir durchs Gehirn tasteten; nichts dergleichen. Meine Güte, wie musste es in einem Menschen aussehen, für den die Gedanken aller Leute um ihn herum offen lagen wie aufgeschlagene Bücher?

»So?«, knirschte der haarige Kerl und warf mir einen giftigen Blick zu. »Hofft sie das?«

Übrigens wuchsen ihm die Haare auch büschelweise aus den Nasenlöchern. Ich warf ihm einen giftigen Blick zurück. Im Giftige-Blicke-Werfen bin ich große Klasse.

»Das geschieht Ihnen grade recht«, hörte ich mich die beiden Männer anfauchen. »Sie haben gedacht, wenn Sie seine Telekinese ausschalten, dann haben Sie auch Armand ausgeschaltet. Sie haben völlig vergessen, dass er auch rennen und sich verstecken und so weiter kann, weil Sie noch nie auf den Gedanken gekommen sind, dass er nebenbei ein Mensch wie jeder andere ist.«

Der Hagere wollte etwas erwidern, doch in dem Moment, in dem er dazu ansetzte, erklangen nicht allzu weit entfernt plötzlich die Sirenen von Polizeiautos. Er unterbrach sich, knurrte Befehle in sein Mikrofon und bedeutete seinen Leuten mit ausholenden, hastigen Bewegungen, zu den Fahrzeugen zurückzukehren. Dann gab er meinen Bewachern einen Wink.

»Wir fahren«, sagte er. »Steigen Sie ein. *Immédiatement.*«
Sie verfrachteten mich also zurück in den Wagen. Ich sah, wie ein Stück weiter vorne einige Männer aus seiner Truppe die Autos, die den Konvoi behinderten, an den Fahrbahnrand dirigierten, und zu meiner Verblüffung gehorchten deren Fahrer widerspruchslos, fuhren teilweise bis auf den Gehsteig, um uns Platz zu machen. Gleich darauf brausten wir davon.

Kapitel 19 | Keine anderthalb Stunden und eine auffallend flüchtige Grenzkontrolle später saß ich in der menschenleeren Schankstube einer tschechischen Wirtschaft kurz hinter der Grenze, ein Glas Cola vor mir und die Aussicht auf ein gutes Mittagessen, und es hätte ein prächtiger Moment sein können, wäre mir nicht der untersetzte Mann mit den Haaren in der Nase gegenübergesessen.

»Ihnen scheint nicht klar zu sein, wie gefährlich Armand ist«, befand er.

Ich musterte ihn abschätzig. »Armand ist überhaupt nicht gefährlich. Er will nur seine Freiheit, um sein eigenes Leben leben zu können.«

Der Mann hob eine Augenbraue. »Hat er Ihnen das erzählt? Dass man ihn im Institut einsperrt und quält?«

»Allerdings. Und ich kann ihn gut verstehen.«

»So?« Mit einer ruckartigen Bewegung, aus der Ärger sprach, lehnte er sich nach vorn. »Da hat er Ihnen ganz schön was vorgemacht. Ich sage Ihnen eines, und ich kenne ihn schon wesentlich länger als Sie: Armand ist nichts weiter als ein verwöhntes, launisches Bürschchen. Er kostet den Staat jedes Jahr Millionen, lebt wie ein Fürst im Märchen und jammert jedem die Ohren voll über sein hartes Schicksal. Als er zu uns gekommen ist, hielt er sich für den Stellvertreter Gottes auf Erden, und was ein eigenes Leben anbelangt – er wäre überhaupt nicht im Stande, eines zu führen.«

»Warum sperren Sie ihn dann ein, anstatt es ihn lernen zu lassen?«

»Nette Idee, wenn Armand nicht gefährlicher wäre als eine wandelnde Atombombe. Wir müssen um jeden Preis verhindern, dass er einer feindlichen Macht in die Hände fällt. Um *jeden* Preis.«

»Er ist ein Mensch«, beharrte ich. »Er hat das Recht auf sein eigenes Leben.«

»Manchmal gilt kein Recht mehr. Armand ist nun mal mit dieser Gabe auf die Welt gekommen und zufällig bestimmt sie sein Schicksal. Und unseres. Er hat keine Wahl, und wir auch nicht.«

Ich lehnte mich zurück. »Wer sind Sie überhaupt? Sie sind kein Franzose.«

Er strich sich über die schwarzen, strubbeligen Haare. »Gut beobachtet. Mein Name ist Färber. Ich, ähm . . . b*etreue* die französischen Kollegen.«

»Mit anderen Worten, Sie sind vom Bundesnachrichtendienst?«

»Aha, viele Fernsehkrimis gesehen, was?«, meinte er spöttisch. »Leider nicht genug. Der BND ist ausschließlich für das Ausland zuständig. Ich bin Mitarbeiter des MAD. Das ist die Abkürzung für *Militärischer Abschirmdienst*.«

»Und was haben Sie mit Armand zu tun? Mit dem Institut? Ich dachte, das befindet sich in Frankreich.«

Er zögerte mit der Antwort, schien zu überlegen, was er mir verraten durfte. »Sagen wir es einmal so: Was die Erforschung parapsychologischer Kräfte anbelangt, arbeiten die europäischen Staaten seit langem eng zusammen. Trotzdem müssen wir den Kreis derer, die darüber Bescheid wissen, so klein wie möglich halten.« Er machte eine fahrige, kreisende Geste. »Deshalb diese, ähm, etwas *umständliche* Reiseroute. Ab einem bestimmten Punkt sind wir leider gezwungen, uns vor unserer eigenen Polizei zu verstecken.«
»Dumm für Sie.«
»Was nicht heißt, dass wir nicht trotzdem unsere Möglichkeiten haben.«
Mir kam ein ungeheuerlicher Gedanke. »Gibt es in Deutschland etwa auch so ein Institut?«
»Sie erwarten nicht im Ernst, dass ich Ihnen darauf antworte, oder?«, erwiderte er mit undurchdringlichem Gesicht. »Ach, und da wir gerade so zwanglos auf dieses Thema gekommen sind: Von dem, was Sie erlebt und erfahren haben, dürfen Sie natürlich keiner Menschenseele ein Sterbenswörtchen verraten.«
In diesem Moment kam er mir auf einmal wie ein richtiggehender Dummschwätzer vor. Ich gab ein abfälliges Grunzen von mir. »Das können Sie sich abschminken«, versetzte ich. »Das, was ich erlebt habe, werde ich jedem erzählen, den ich kenne, und zwar haarklein.«
»Keiner wird Ihnen glauben.«
»Dann schreibe ich ein Buch darüber.«

Er grinste. »Ja. Klar doch.« So etwas traute er mir nicht zu, das war ihm an der Nasenspitze abzulesen. »Schreiben Sie ruhig. Sie werden schon sehen, was Sie davon haben.«

Vom Eingang her war lautes Türenschlagen zu vernehmen. Ich sah mich um. Der Hagere marschierte herein, mit einigen Männern im Gefolge und offenbar schlechter Laune. Er telefonierte, und ich glaubte mehrmals den Namen *Levroux* herauszuhören aus dem, was er sagte.

Hatte Armands Flucht diesem Mann wirklich das Leben gerettet? Ich horchte in mich hinein und dachte: Nein. Selbst wenn sie Armand zurück ins Institut geschafft hätten, sie hätten ihn nie dazu gebracht, zum Mörder zu werden.

Der Hagere beendete sein Telefonat und steckte das Handy ein. Er würdigte uns keines Blickes, sondern ließ sich von der Wirtin die Speisekarte geben, um sie – im Stehen, umringt von seinen Leuten, die ihm stumm und erwartungsvoll dabei zusahen – eingehend zu studieren. Endlich gab er eine Bestellung auf und das klang erstaunlicherweise, als spreche er Tschechisch.

Während seine Leute in einem Nebenraum verschwanden, kam er an unseren Tisch, setzte sich ungefragt dazu und durchbohrte mich dabei fast mit seinem Blick. »Nun, zu Ihnen, *Mademoiselle*«, sagte er dünnlippig. »Es wird Sie wahrscheinlich freuen zu hören, dass Armand uns vorläufig entkommen zu sein scheint.«

Ich seufzte erleichtert.
»Sie können sich natürlich keine Vorstellung machen, in was für Schwierigkeiten uns das bringt«, fuhr er fort.
»Nein«, gab ich zu. »Aber ich gönne sie Ihnen von Herzen.«
Er sah mich verdutzt an. Ich weiß nicht, ob er wirklich verstanden hat, was ich gesagt habe. Für einen Moment sah er aus, als hätte ich ihn aus dem Konzept gebracht, aber dann machte er weiter, als wäre nichts.
»Wir benötigen Sie vorläufig nicht mehr. Man wird dafür sorgen, dass Sie so schnell wie möglich nach Hause zurückkommen.« Er verzog den Mund zu einem Lächeln, das nicht bis zu seinen steingrauen Augen durchdrang. »Und schlagen Sie sich Ihre romantischen Hoffnungen aus dem Kopf. Irgendwann kriegen wir ihn, da habe ich überhaupt keine Zweifel. Leben Sie wohl.«
Damit stand er auf und ging. Ich sah ihn seinen Leuten ins Nebenzimmer folgen, und das war das letzte Mal, dass ich ihn sah.
Nun kümmerte sich der behaarte Mann in der Lederjacke um mich, der angeblich Färber hieß. Ich bekam die beiden Reisetaschen wieder und alles, was Armand und ich dabei gehabt hatten. Halb und halb hatte ich erwartet, dass man mir noch Fingerabdrücke abnehmen oder mich fotografieren würde oder so, aber nichts dergleichen geschah. Der Mann, der an-

geblich Färber hieß, machte Fotokopien von beiden Seiten meines Personalausweises, das war es.
Danach brachte er mich mit dem Auto nach Zwickau – eine ziemliche Strecke und womöglich der gefährlichste Teil meines gesamten Abenteuers, denn er fuhr einen Porsche und schien von Verkehrsregeln nicht viel zu halten, besonders nicht von Geschwindigkeitsbeschränkungen. In Zwickau setzte er mich am Bahnhof ab, kaufte mir eine Fahrkarte nach Hause – dreimal umsteigen! –, trug mir die Reisetaschen bis auf den richtigen Bahnsteig und wartete, bis ich im richtigen Zug saß. Zum Abschied winkte er mir sogar kurz nach, der Mann von MAD.
Und irgendwann spätabends war ich dann tatsächlich wieder zu Hause. Alles war noch so, wie ich es verlassen hatte, sogar mein Fahrrad lag immer noch schlampig herum. Ich stellte es ordentlich in die Garage. Ich fand sogar mein eigenes Handy wieder, hinter einer Vase auf der Kommode im oberen Flur. Es war ein seltsames Gefühl, wohlbehalten und unbeschadet zurück zu sein. So, als erwache man aus einem langen, äußerst merkwürdigen Traum.
Ich dachte, ich hätte das Abenteuer damit hinter mir. Dabei fing es gerade erst an.

Kapitel 20 | Meine armen Eltern. Braun gebrannt und ahnungslos, kamen sie ein paar Tage später aus der Karibik zurück und hatten eigentlich geglaubt, mir allerhand Aufregendes erzählen zu können. Doch als ich sie am Bahnhof abholte, kam es ungefähr zu folgendem Gespräch:

»Hi. Schön braun seid ihr geworden.«

»Grüß dich, Marie, Liebes; schön, dass du uns abholst. Ach, es war herrlich, einfach phantastisch. Es hat uns so Leid getan, dass du nicht dabei sein konntest. Hast du wenigstens einigermaßen gutes Wetter gehabt?«

»Es ging.«

»War es denn langweilig ohne uns?«

»Ähm«, machte ich behutsam. »Kann ich eigentlich nicht behaupten. Ich bin entführt worden.«

»Wie? Gott, ist das laut hier. Ich hatte gerade den Eindruck, du hättest gesagt, du seist *entführt* worden.«

»Hab ich auch tatsächlich gesagt.«

Belämmerte Gesichter. »Wie bitte?«

»Entführt«, wiederholte ich. »Verschleppt. Gekidnappt. Habt ihr keine Zeitungen gelesen?«

»Zeitungen?« Ausgesprochen belämmerte Gesichter.

»Macht nichts«, winkte ich ab. »Ich hab sie euch aufgehoben.«

Es wurde ein langer Abend, während ich ihnen zu erzählen versuchte, was passiert war. Aber irgendwie schienen sie mir nicht wirklich zu glauben, sondern alles für eine Art überspannte, spätpubertäre Einsamkeitsphantasie zu halten. Die Zeitungen waren als Beweismittel ziemlich untauglich, denn sie berichteten zwar über den großen Polizeieinsatz in unserer Stadt und dass er einem entflohenen jugendlichen Straftäter gegolten hatte, auch darüber, dass in Stuttgart auf Grund von etwas, das nur diffus als »Terrorwarnung« bezeichnet wurde, mehrere Stunden lang der gesamte S-Bahn-Verkehr stillgelegt und der Hauptbahnhof von massiven Polizeikräften gesichert worden war, aber von einer Entführung stand da kein Wort. Von mir erst recht nicht.

Vermutlich ist das so, wenn man in etwas verwickelt wird, an dem auch Geheimdienste beteiligt sind.

Gut, ich kann darauf verzichten, meinen Namen zentimeterhoch auf den Titelseiten der diversen Sensationsblätter zu lesen, womöglich mit meinem Bild daneben. Aber eine klitzekleine Notiz in einer seriösen Zeitung wäre durchaus hilfreich gewesen. So ging ich schließlich ins Bett mit dem Gefühl, dass meine Eltern bestimmt noch zwei Stunden aufbleiben und darüber diskutieren würden, was sie falsch gemacht haben mochten in meiner Erziehung und ob sie mit mir zu einem Jugendpsychologen gehen sollten oder ob sich das mit der Zeit geben würde.

»Jedenfalls«, verkündete meine Mutter am nächsten

Morgen beim Frühstück, »mache ich nie wieder bei einem Preisausschreiben mit. Das war das erste und letzte Mal.«

In der Schule waren die Ereignisse in der Stadt ein paar Tage lang Gesprächsthema gewesen. Jeder wusste etwas anderes, und wenn man zehn Leute fragte, hörte man zwanzig verschiedene Versionen der Geschehnisse, von denen keine mit dem, was wirklich passiert war, auch nur entfernt zu tun hatte. Ein, zwei Tage ging das so, bis unser Gemeinschaftskundelehrer sich bemüßigt fühlte, »aus aktuellem Anlass«, eine Unterrichtsstunde über »Kriminalität und Verbrechensbekämpfung in der modernen Gesellschaft« einzuschieben. Wenn man weiß, wie er Unterricht macht, wundert man sich nicht, dass das Thema danach auf dem Schulhof erledigt war.

Mein persönliches Problem war gewesen, zu erklären, warum ich einen Tag gefehlt hatte, unentschuldigt zudem. Was hätte ich sagen sollen? Die Wahrheit hätte geklungen wie eine unverschämte Lüge.

Unser Klassenlehrer, zugleich unser Mathelehrer, zitierte mich nach Schluss der Stunde zu sich, um mir, nachdem alle gegangen waren, in seiner komisch verschraubten Art zu erklären, dass er durchaus Verständnis dafür habe, dass man gerade als junger Mensch einmal das Bedürfnis verspüre, über die Stränge zu schlagen. Trotzdem sei dies doch oft Ausdruck dessen, dass man sich in einer Krise befinde oder zumindest in einer schwierigen Phase, und ab da konnte ich seinen Gedankengängen nicht mehr richtig folgen. Es lief jedenfalls auf die Ermahnung hinaus, ich solle meine Hausaufgaben nicht vernachlässigen, denn seiner Erfahrung nach, erklärte er mir eindringlich, komme man über schwierige Phasen im Leben am besten hinweg, wenn man sich zwinge die Pflichten des Alltags weiterhin gewissenhaft zu erledigen.

»Okay«, sagte ich. Ich konnte ihm schlecht erklären, dass ich meine Mathematikhausaufgaben stets äußerst gewissenhaft morgens vor Unterrichtsbeginn bei Jessica abgeschrieben hatte.

Es erwies sich als praktisch unmöglich, irgendjemandem zu erzählen, was wirklich passiert war. Telekinese? Gedankenlesen? Geheimdienste?! Jetzt mal halblang. Im Kino ganz nett, aber das sollte man tunlichst nicht mit der Wirklichkeit verwechseln.

Ich versuchte es bei Jessica, sobald wir uns wieder versöhnt hatten. Da sie zu dem Zeitpunkt schon fest mit Dominik zusammen war und im siebten Himmel schwebte, hörte sie mir sehr wohlwollend und geduldig zu. Doch als ich von fliegenden Münzen und Sonnenbrillen erzählte, konnte ich förmlich sehen, wie die Rollläden hinter Jessicas Augen heruntergingen. Und als ich von dem Institut anfing, meinte sie, nun sei es gut, verarschen könne sie sich selber, und für wie blöd ich sie eigentlich hielte?

»Sie werden ja sehen, was Sie davon haben«, hatte der Mann vom MAD gesagt.

Was ich in diesem Fall davon hatte, war, wieder einige Tage ohne beste Freundin zu sein.
In den Wochen danach las ich alle Zeitungen und Zeitschriften, die ich in die Finger kriegen konnte, und das so sorgfältig, dass, würden gelesene Buchstaben verschwinden, ich am Schluss weißes Papier in Händen gehalten hätte. Ich schreckte nicht einmal davor zurück, zum Bahnhofskiosk zu pilgern und meine Sprachkenntnisse an englischen und französischen Zeitungen zu erproben. Doch ich entdeckte nicht den kleinsten Hinweis auf Armands Schicksal.
Ich verfolgte das Ende der Affäre um Jean-Marie Levroux. Er sagte vor Gericht aus, worauf einige Männer, von denen man noch nie gehört und deren Gesichter man noch nie gesehen hatte, zu hohen Gefängnisstrafen verurteilt wurden, und das war es. Danach verschwand der Name Levroux praktisch über Nacht aus den Medien.
Die Wochen gingen ins Land, und nach und nach gewöhnte ich mich schweren Herzens an den Gedanken, dass ich, egal was passiert war, nie wieder etwas von ihm hören würde. Und je mehr Zeit verstrich, desto unglaublicher kam es mir selber vor, dass ich das alles nicht geträumt, sondern tatsächlich erlebt haben sollte.
Mein Leben ging weiter. Der Sommer kam zögerlich, aber er kam, und auf einmal waren Eistüten, bauchfreie Tops und Nachmittage im Freibad wichtig. Dominik war längst kein Thema mehr für Jessica, der

aktuelle Schwarm hieß Olaf, war fast zwei Meter groß und fuhr Motorrad. Doch aus irgendeinem Grund verspürte ich keinerlei Impuls, Jessica deswegen aufzuziehen. Es gab mir nur einmal einen Stich, nämlich als sie erzählte, dass Olaf und sie in den Sommerferien eine Zelttour nach Südfrankreich machen wollten. Doch das war nur ein Moment und im Nu vorbei.

Der Sommer wich dem Herbst, und schließlich kam der Winter, ungewöhnlich früh in diesem Jahr. Zu Weihnachten bekam ich ein neues Paar Skier und fuhr über den Jahreswechsel mit Jessica und ein paar anderen zum Skifahren in die Alpen. Am Silvesterabend saßen wir in dicken Rollkragenpullovern in einer kleinen Skihütte um einen großen Topf Glühwein herum, und um Mitternacht gingen wir hinaus in den Schnee und sahen den Feuerwerken zu, die aus den Tälern himmelwärts stiegen. Über uns hing ein voller, fahler Mond und ich bekam feuchte Augen, ohne zu verstehen, warum.

Nach Nebel und Matsch und einem eher mäßig ausgefallenen Halbjahrszeugnis brach ein kalter, nasser Frühling an. Meinen achtzehnten Geburtstag feierte ich bei strömendem Regen und neun Grad Tageshöchsttemperatur. Jessica schenkte mir einen selbst gestrickten Schal in der unvergleichlichen Farbkombination Lila und Gelb, meine Eltern ein fix und fertig ausgefülltes Anmeldeformular für die Fahrschule.

Die theoretische Fahrprüfung war ein Klacks, ich bestand sie mit null Fehlern. Dafür brachte ich meinen Fahrlehrer in den ersten paar praktischen Fahrstunden an den Rand des Wahnsinns, und zeitweise war ich mir sicher, dass ich das *nie* lernen würde, zu lenken und zu schalten und auf den Verkehr zu achten und auf die Straßenschilder und wer Vorfahrt hatte, und das alles auf einmal! Irgendwann platzte der Knoten aber doch noch und ich bestand mit nur einer Fahrstunde mehr als vorgeschrieben die Prüfung auf Anhieb.

Doch ehe das geschafft war, an einem heißen Mittwoch zwei oder drei Wochen vor dem Ende des Schuljahrs, wurde ich nach der zweiten Stunde aufs Rektorat bestellt.

Mir war unwohl zu Mute, während ich das Schulhaus durchquerte, und fragte mich, was ich angestellt haben mochte. Aber siehe da, der gestrenge Herr Rektor war gar nicht anwesend, nur die Schulsekretärin.

»Ein dringender Anruf für Sie«, sagte sie. »Von der Universitätsklinik.« Sie schob mit besorgter Hilfsbereitschaft einen Stuhl ans Telefon. »Vielleicht setzen Sie sich besser hin.«

Ich bekam einen ziemlichen Schreck. Universitätsklinik? War meiner Mutter oder meinem Vater etwas zugestoßen? Ich setzte mich und griff nach dem bereitliegenden Hörer, als sei er ein Tier, das mich beißen würde, wenn ich es falsch anfasste. »Ja?«

»Hallo? Marie?«, vernahm ich eine Stimme, die mir bekannt vorkam.

»Am Apparat.«

Eine Pause, als müsste das Telefonnetz erst Atem holen. »Marie, hier ist Armand.«

»Armand?!« Ich riss Mund und Augen auf.

Die Sekretärin verstand meine Reaktion natürlich ganz anders. Sie sah mich mitfühlend an und sagte: »Ich hole Ihnen rasch ein Glas Wasser. Fallen Sie mir bloß nicht vom Stuhl.«

»Armand!«, flüsterte ich, als sie draußen war. »Du? Wo bist du? Wie geht es dir? Was soll das heißen, Universitätsklinik?«

»Das habe ich nur gesagt, damit sie dich ans Telefon holen.«

»Was? Aber wieso . . .?«

»Mir ist nichts anderes eingefallen. Zu Hause konnte ich dich nicht anrufen. Euer Telefonanschluss wird garantiert abgehört.«

Die Sekretärin kam zurück und reichte mir ein Glas Wasser. Dann stellte sie sich wieder an die Tür und beobachtete mich fürsorglich, als befürchte sie, ich könnte jeden Augenblick in Ohnmacht sinken.

»Ich nehme an, es ist noch jemand im Zimmer, der alles hören kann, was du sagst«, fuhr Armand fort.

»Ja«, nickte ich.

»Das habe ich mir gedacht. Gut, es wird schon gehen. Ich wollte dir nur sagen, dass ich ihnen tatsächlich entkommen zu sein scheine. Es war gefährlich und sehr anstrengend und ist eine lange Geschichte, doch jetzt ist es vorbei. Seit ein paar Monaten lebe ich hier, weit weg, habe eine Arbeit und verdiene ganz gut. Und ich genieße es, frei zu sein. Es ist schön.«

Ich schluckte. »Das freut mich für dich«, sagte ich. Er war also irgendwo im Ausland. Dieses Gespräch musste ihn ein kleines Vermögen kosten.

»Wie ist es dir ergangen? Bist du gut zurück nach Hause gekommen?«, wollte er wissen.

»Gut, ja«, beeilte ich mich zu sagen. »Mir geht es gut, doch. Es ist alles . . . gut.« Nichts war gut. Seine Stimme zu hören war, als würde eine Wunde in mir aufgerissen.

Er seufzte. »Ohne dich hätte ich es nicht geschafft, weißt du? Wenn du nicht gewesen wärst . . . Ich weiß immer noch nicht genau, was du eigentlich gemacht hast, aber jedenfalls wollte ich mich bedanken.«

»Keine Ursache«, sagte ich und fügte rasch hinzu: »Ich habe es gern getan.«

»Tut mir Leid, dass ich dich mit dem Anruf erschrecken musste.«

»Schon gut. Kein Problem.« Wollte die gute Frau eigentlich den ganzen Tag da an der Tür stehen bleiben? Hatte sie nichts anderes zu tun? »Ich, ähm – ich hätte nicht erwartet, noch mal von dir zu hören.«

»Ja«, sagte er. Ich spürte, wie er zögerte. »Marie«, fuhr er schließlich fort, »ich muss dir noch etwas sagen.«

»Was denn?«, fragte ich.

Ich glaube, an dieser Stelle höre ich besser auf, denn was danach kam, geht eigentlich niemanden etwas an, nur Armand und mich. Nur so viel sei noch gesagt: Das, was er mir sagte – und das, was ich darauf antwortete – ist der Grund dafür, dass ich hier sitze und schließlich all das niedergeschrieben habe. Es ist auch der Grund dafür, dass jetzt, in dem Moment, da ich diese letzten Zeilen schreibe, drüben auf meinem Bett ein zur Hälfte gepackter Koffer liegt, neben mir das Abiturzeugnis, das ich vorgestern überreicht bekommen habe, und darauf mein Reisepass.

Puh. Jetzt wird es noch einmal hart, merke ich. Aber ich muss das erklären.

Das eben erwähnte Telefonat ist inzwischen fast ein Jahr her. Armand und ich haben in dieser Zeit, dank Jessica, deren Telefon ich benutzen durfte, sehr oft und sehr lange miteinander gesprochen. Über sehr persönliche Dinge. Über uns. Über seine Zukunft und über meine.

Und schließlich haben wir einen Entschluss gefasst und angefangen, einen komplizierten Plan zu entwickeln.

Im Grunde geht es immer noch um den Satz, den ich damals auf meinen Garderobenspiegel geschrieben habe und dessen Ende ich weggewischt hatte: *Ich passe auf mich auf, aber falls mir etwas passieren sollte . . .*

Die Sache ist die, dass man das nicht einfach wegwischen kann. Falls man nicht gerade beschlossen hat, blind und feig durchs Leben zu gehen, muss man eine Antwort finden auf die Frage, wie dieser Satz weitergehen soll. Und man kann die Frage, was man sich wünscht für die Zeit nach seinem Tod, nicht beantworten, ohne sich darüber im Klaren zu sein, was man sich wahrhaft wünscht für die Zeit *davor*.

Ich habe also so lange nachgedacht, bis ich eine Antwort hatte. Meine Antwort. Ich weiß jetzt, wie der Satz weitergehen muss, jedenfalls für mich.

Meine Eltern haben sich inzwischen zusammengereimt, dass ich damals, während sie auf Kreuzfahrt waren, jemanden kennen gelernt und mich in ihn verliebt habe. Von der Sache mit den telekinetischen Kräften allerdings glauben sie nach wie vor kein Wort. Ich habe versucht ihnen zu erklären, was ich tun will und warum, aber sie sind natürlich absolut dagegen. Ich verstehe sie, trotzdem können sie mich nicht daran hindern; ich bin volljährig und darf tun, was ich für richtig halte. Ich war in Versuchung, es heimlich zu tun und einfach zu verschwinden – aber das wäre erst recht feige gewesen. Der Abschied morgen früh wird etwas sein, das ich durchstehen muss. Vor meine Eltern hinzutreten und zu erklären, dass ich, trotz all ihrer gut gemeinten Einwände, gehen werde – ihnen *weh*zutun damit –, wird das Schwerste sein, was ich in meinem Leben bisher zu bewältigen hatte.

Vielleicht aber nicht das Schwerste, das auf mich wartet in dem Leben, das noch vor mir liegt.

Ich werde auf mich aufpassen. Natürlich. Aber falls mir etwas passieren sollte . . . dann ist es besser, es passiert mir, während ich ein Leben führe, das ich liebe. Ein Leben, von dem ich sagen kann, es ist *meines*.

Ohne Zweifel kann einem eher etwas zustoßen, wenn man Risiken eingeht. Bloß sind wir nicht auf der Welt, um in möglichst großer Sicherheit zu verharren. Wir sind auf der Welt, um der Stimme unseres Herzens zu folgen. Unser Verstand und alles, was wir lernen, dient nur dazu, uns auf diesem Weg zu beschützen, so gut es eben geht.

Das ist meine Antwort. Sie mag nicht für jeden passen, aber für mich passt sie.

Ich werde Armand folgen in ein Leben, über das ich bis jetzt noch fast nichts weiß. Bin ich wahnsinnig, das zu tun? Das zu riskieren? Ich glaube nicht. Ich glaube, es wäre Wahnsinn, es *nicht* zu tun.

Zuletzt ist es mir an Weihnachten gelungen, mit Mutter über mein Vorhaben zu sprechen. Sie konnte nicht verstehen, warum ich es wagen will, Armand in ein unbekanntes Land zu folgen, und auch nicht, warum niemand wissen darf, wohin ich gehe. Mir ist klar geworden, dass man das wahrscheinlich auch nicht kann, wenn man nicht die ganze Geschichte kennt und alles, was passiert ist.

Deshalb habe ich angefangen zu schreiben. Ich habe alles so aufgeschrieben, wie es tatsächlich war, ohne etwas hinzuzufügen und ohne etwas Wesentliches wegzulassen, denn morgen geht die Reise los, und dann wird niemand mehr hier sein, der diese Geschichte erzählen könnte.